nomen est omen
Wiedersehen mit Ingeborg

Autorenkreis

nomen est omen
Wiedersehen mit Ingeborg

Autorenkreis

Impressum:
© 2020 Autorenkreis
Redaktion/Text: Rosel Ebert, Ilse Markgraf
Gestaltung/Typografie: Rosel Ebert
Illustrationen: Armgard Röhl
Kapitelüberschriften nach Zeilen von Ingeborg Bachmann
Herstellung und Verlag: BoD – Books on Demand,
Norderstedt
ISBN: 9783752608557

INHALT   Seite

DIE IDEE ZUM BUCH

Eine Frau, eine Poetin, geht mit offenen Augen durchs Leben. Mehr noch. Sie nimmt die Details der Geschehnisse wahr, die rund um sie ablaufen. Und sie spinnt einen Faden aus Erlebtem und Fantasie.

So kam Ilse Markgraf zu dieser Idee. Eigentlich war es nur wie ein Windhauch im Vorbeigehen: Sie befindet sich auf einem Spaziergang, als sie von einem Gespräch mehrerer vorbeigehender Frauen fast zufällig die Worte vernimmt: „Eine Tür geht auf" und „INGEBORG".

Das, was zu hören war, greift Ilse auf und hält es fest. In Rosel Ebert findet sie eine Gleichgesinnte. Der Faden spinnt sich weiter und wickelt auch andere ein. Geschichten und Verse entstehen – lustige, skurrile, nachdenkliche oder ernste. Aber natürlich geht es immer um unsere Beziehung zu Frauen mit dem Namen INGEBORG.

Ob dabei die Sicht von Frau zu Frau anders ist als der Blickwinkel eines Mannes auf die Auserwählte dieses Namens, wird sich zeigen. Lesen Sie selbst. Es lohnt sich ganz bestimmt. Und vielleicht kennen auch Sie eine Ingeborg, an die Sie durch diese Texte erinnert werden. Uns half, soviel sei hier verraten, bei den Kapitelüberschriften eine ganz besondere Ingeborg – die österreichische Schriftstellerin und Lyrikerin Ingeborg Bachmann.

Die Ideengeberinnen
Ilse Markgraf und Rosel Ebert

6

MIT DEM ANFANG BEGINNEN

VORNAMEN – GELIEBT UND AUCH NICHT

Die Vornamen sind eine ganz bunte Welt –
man hört, dass so mancher von seinem nichts hält.
Es fragen doch oftmals auch sehr viele Leute,
was dieser vom Sinn her denn wirklich bedeute
und was sich die Eltern dabei wohl so dachten.

Ja, heißt einer Wolfram, ist er Wolf und Rabe,
verstünde man, dass er dagegen was habe.
Doch heißt die Frau Ingeborg, kann's ihr gefallen,
sie selbst – wohl behütet – ist Schutzherrin allen.
Wenn ihr das bewusst ist, dann wird sie drauf achten.

Bei Taufen soll'n Eltern es richtig bedenken,
im Vornamen schon was Beglückendes schenken.
's ist schön, wenn ein Mensch seinen Namen auch liebt,
viel besser als wär' er darüber betrübt.
Schlimm wär 's doch, wenn andre den Namen belachten.

Klaus G. Lonvitz

GEHEIMNISVOLLE INGEBORG

Eine Explosion!
Eine Explosion der Farben und Düfte!
Endlich zeigt sich schönes, sonniges Wetter.
Verzaubert und benommen durch all die frischen
Sinneseindrücke schlendere ich durch die Gärten der
Welt in Berlin-Marzahn. Pflanzen aus aller Herren
Länder sind dort zu bewundern. Hier und da betrach-
ten Liebespaare oder Familien mit einigen Kindern
die pflanzliche Pracht.

Alles geht ruhig und gesittet vor sich, nicht einmal ein
nörglerisches „Kinder-Rabäh" ist zu vernehmen. Trotz
all der überbordenden Schönheit zieht´s mich zu
einem Wildblumenfeld gärtnerisch angelegt. Es zeigt
eine große bunte, wilde Wiese europäischer Art:
Kamille, Schafgarbe, Löwenzahn, Goldrute, Distel,
Spitzwegerich und viele Bekannte mehr gibt es zu
entdecken.

Hier gedenke ich mein ehemaliges Kinderglück in
Ruhe und Nostalgie nachzuempfinden:
Damals, in einer sonnigen Wiese stehend, die Zeit
vergessend, den Hummeln zuhörend ...
Es gab nur die Wiese und mich!
Doch nein!
Daraus wird nichts!

Vor meiner Wiese agieren zwei Damen stillstehenden Alters. Nicht, dass sie die Vegetation betrachten – nein! Sie palavern schrill und hektisch und schwenken energisch ihre Arme. Vorbei die ersehnte Ruhe!

Schnell will ich die Damen überholen, dabei schnappe ich ein paar Wortfetzen auf:

„... und mit eenem mal jeht die Türe uff!
      ... ...
      INGEBORG !"

Besonders beeindruckt mich die Unheil schwangere Pause, die dem Namen eine gewisse Würze gibt.

Ab jetzt spukt während meines Spaziergangs der Name in mir herum:
      INGEBORG!
Was mag wohl Ingeborg für eine sein? Sie muss eine üble, grauslige Person sein, so entsetzt, wie die beiden Aufgeregten von ihr reden. Was mag die vermeintlich böse Ingeborg getan haben? Keine Ruhe lässt mir diese Ingeborg!

Jetzt sehe ich mir die wunderbare Rosenanlage an. Zwischen den fantasievollen Namen dieser schönen Blumen drängt sich hervor: Ingeborg! Keine Rose dieses Namens gibt es.

Heute werde ich die Ingeborg nicht mehr los. Verdorben – mein Besuch der Gärten?

Es gibt eine Redewendung, der ich nicht ganz traue: „Man sieht sich im Leben immer noch ein zweites Mal." Doch dieses Mal stimmt es. Nach längerem Schwelgen in Blütendüften sehe ich sie wieder, die Beiden und dazu gesellt noch eine fröhliche, nette Dame.

Von Weitem höre ich staunend, wie die zwei recht bärbeißigen Frauen laut wie Teenager kichern und der dritten Dame viele Komplimente machen: „Ach, Ingeborg! Du nun wieder! Wie schön, dich hier zu treffen! Wie freuen wir uns! ..." und pipapo!

Nachdem sich diese Ingeborg, die so gar nicht meinen düsteren Vorstellungen entspricht, verabschiedet hat, überhole ich das Damenpaar erneut. Noch in meinen Ohren wehen deren letzte Worte:

„Na, haste jeseh'n, wie die wieder aussieht und rumlooft?!?! Schlimm sowat!""

Die vielen fremden Namen der schönen Pflanzen kann ich mir nicht merken. Aber was kümmert's die Blumen, sie wollen besonders von den Bienen und Schmetterlingen bewundert werden.

Was für eine Konkurrenz für uns Menschen!
Spielen denn Namen, die ihnen von uns verpasst werden, eine Rolle? Eine wichtige Lehre nehme ich aber von diesem Ausflug in die Gärten der Welt mit nach Hause:

„Hüte dich vor honigsüßer Freundlichkeit!"

Und eine Bitte habe ich an all die fleißigen Botaniker: Gebt einer neu gezüchteten, netten und schönen Rose den Namen

INGEBORG !

Ilse Markgraf

DAS INGEBORG-FIEBER

Es hat uns gepackt. Wie eine Welle kam es über uns: das Ingeborg-Fieber! Ilse schläft schon nachts nicht mehr und ich merke, wie sich alles in meinem Kopf um Ingeborg dreht. Wir stecken die anderen an. Zuerst suchen wir in unserem Freundes- und Bekanntenkreis nach Frauen dieses Namens. Dann geht die Fantasie mit uns durch. Und weil das noch nicht reicht, stürzen wir uns auf Berühmtheiten. Und – und – und...

Anneliese kommt als Erste auf die Idee, Grab-Inschriften zu erforschen. Der Waldfriedhof in Berlin-

Oberschöneweide bietet sich ihr regelrecht an. Sie begibt sich in die Spur. Doch weit gefehlt. Anne schaut und liest. Namen über Namen, aber keine Ingeborg. Damit nun nicht alles umsonst gewesen sein soll, hält sie sich an einem Schriftzug fest, hinter dem auch eine „Ingeborg" stecken könnte: „Mama" und weiter „In Liebe und Dankbarkeit". Darunter das Geburts- und Sterbejahr. In der Mitte ein Stein aus Granit in Herzform. Keine Namen. Warum also nicht „Ingeborg"? Viele Fragen gehen Anne durch den Kopf, aber keiner wird sie beantworten. Auch ich werde nachdenklich. Aber an den Zufall „Ingeborg" glaube ich nicht.

Und doch scheint mir ein Friedhof ohne „Ingeborgs" kaum vorstellbar. Zusammen mit meiner Schwester begebe ich mich deshalb zum Zentralfriedhof Berlin-Friedrichsfelde. Allerdings ist der viel zu groß, als dass man in jede Reihe schauen könnte. Also konzentrieren wir uns auf Inschriften, aus denen erkennbar ist, dass die Frauen in den ersten dreißig Jahren des 20. Jahrhunderts geboren wurden. Der hintere alte Teil des Friedhofs könnte passend sein. Wir kommen uns recht schlau vor, aber das Ergebnis ist gleich Null. Auch bei Grabplatten neuerer Zeit inmitten der Wiese – keine einzige Ingeborg. Es ist und bleibt ein Rätsel, für das wir keine Lösung finden. Allerdings, und das muss hier gesagt werden, waren wir bisher auf zwei städtischen Friedhöfen. Vielleicht sieht es auf einem kirchlichen Friedhof anders aus? Warum auch immer.

13

Tatsächlich. Die Vermutung scheint zu stimmen. Meine Schwester entdeckte, noch immer vom Ingeborg-Fieber getrieben, auf dem Friedhof der Evangelischen Paul-Gerhardt-Kirchengemeinde Lichtenberg in Berlin-Karlshorst sage und schreibe 44 Ingeborgs, 18 Inges und 2 Ingeburg. Dazu noch 1 Ingetraud, 1 Ingelore und 1 Ingelene. Wie schön! Geboren wurden diese Frauen zwischen 1920 und 1940. 31 von ihnen erreichten ein stolzes Alter von über 80 und 2 davon wurden fast 100! Nehmen wir es als Bestätigung, dass die Ingeborgs nicht nur Hüterinnen für andere sind, sondern auch selbst gut beschützt werden.

So gut so schön. Friedhof ist damit abgehakt. Nächste Idee von Klaus und mir: das Lexikon deutscher Schriftsteller. Ich besitze nur eins aus DDR-Zeiten. Immerhin findet sich darin „Ingeborg Bachmann". Aber die haben wir schon. In dem ganzen ziemlich dicken Lexikon gibt es dann nur noch eine Inge: „Inge von Wangenheim". Das war's.

Mir kommt der kühne Gedanke, nach Operngestalten zu fahnden. Ergebnis: In 197 Opern findet sich nicht eine Ingeborg. Selbst die Gebrüder Grimm hatten mit „Ingeborg" nichts am Hut.

Ich verfolge eifrig eine weitere Spur: Berliner Straßennamen! Voller Spannung stürze ich mich auf den Stadtplan. Ergebnis: ein Ingeweg, eine Ingeborgstraße, ein Inge-Platz und eine Ingeborg-Allee. Die beiden

Letzteren sogar mit vollem Namen. Ob das allerdings für eine so große Stadt wie Berlin viel oder wenig bedeutet, wage ich nicht zu beurteilen.

Seit 1934 befindet sich der Ingeweg in Biesdorf. Parallel dazu ein Christel- und ein Alwineweg, gekreuzt von einem Fridolin- und einem Burghardweg. 1934 – echt deutsche Namen! Vorher gab es hier statt Inge nur den Buchstaben F. Zur Erläuterung finden wir in Kauperts Straßenverzeichnis die Bemerkung: Inge – Kurzform des weiblichen Vornamens Ingeborg. Was können wir damit anfangen? Nichts, meine ich. Dieser Weg bringt uns die Ingeborg nicht näher.

Mit der Kurzform „Inge" findet sich unmittelbar in der Nähe des Potsdamer Platzes der Inge-Beisheim-Platz. Benannt nach einer Frau, die es verdient hat, nicht vergessen zu werden. Sie lebte von 1926 – 1999 und war 50 Jahre mit Prof. Otto Beisheim, dem Gründer der Metro-Handelsgruppe, verheiratet. Neben ihrem Engagement für die Entwicklung dieser Handelsgruppe gründeten beide gemeinnützige Stiftungen, unter anderem die Inge-Beisheim-Stiftung. Ihre Ziele waren die Errichtung von Kindergärten und die Jugend- sowie Ausbildungsförderung. Am 10. Januar 2004 erhielt der Platz vor dem Beisheim Center ihren Namen.

Wenden wir uns nun den beiden Straßen zu, die tatsächlich mit dem Namen „Ingeborg" verbunden sind. Da gibt es zum einen die Ingeborgstraße. Aus dem

Straßenverzeichnis ist zu entnehmen, dass die Straße im ehemaligen Bezirk Weißensee schon auf der Karte von 1911 eingezeichnet war und erstmals im Berliner Adressbuch von 1912 genannt wird. Die Namensgeber hatten offensichtlich die Ingeborg als Gestalt der isländischen Frithjofsaga im Blick, die vom norwegischen Helden Frithjof, dem Tapferen, und seiner Liebe zur Königstochter Ingeborg handelt. Diese Straße befindet sich in guter Gesellschaft mit einer Asgard-, einer Sigurd- und einer Midgardstraße. Offensichtlich hat der nordische Raum hier Pate gestanden.

Ich bin begeistert von dem Gedanken, eine Ingeborg-Ballade zu verfassen, die sich an das erwähnte Umfeld anlehnt. Es soll etwas Dramatisches sein und sich auf ein Geschehen beziehen, welches hunderte von Jahren zurückliegt. Meine Recherche hat Erfolg. Tatsächlich werde ich fündig, und glücklicherweise ist das „Ingeborg-Fieber" ansteckend. Ilse, Klaus und Volker machen mit. Ich will nicht verhehlen, dass wir auf unsere Ballade besonders stolz sind. In knapp einer Woche lag sie fertig vor.

Und nun noch ein echter Gewinn, vor allem für Poeten: die „Ingeborg-Drewitz-Allee" in Moabit. Ingeborg Drewitz spukt bereits in Volkers Kopf herum. Wem diese Frau, die von 1923 – 1986 lebte, bekannt ist, der weiß, dass sie als Schriftstellerin, als Herausgeberin engagierter Literatur, als Autorin von Hörspielen und

Dramen, Zeitungsaufsätzen, Essays und vielem mehr bekannt ist. Darüber hinaus erregte sie Aufsehen als mutige Kämpferin *gegen* Unterdrückung, Ungerechtigkeit und Gleichgültigkeit – und *für* Benachteiligte, Minderheiten und Wehrlose. Vor allem für ihr literarisches Schaffen erhielt sie zahlreiche Preise. Die feierliche Benennung der „Ingeborg-Drewitz-Allee" direkt am Moabiter Werder erfolgte am 01. Oktober 1999.

Ich vertiefe mich in die biografischen Daten von Ingeborg Drewitz und stelle fest, dass sie mit ihrem kritischen politischen Engagement auch die Verhältnisse in der DDR nicht aussparte. Das passte in kein DDR-Schriftstellerlexikon. Da ich weiß, dass es Volker reizen wird, ermutige ich ihn, über die Drewitz aus seiner Sicht einen Text zu verfassen. Ihre Erfahrungen, die das Schreiben betreffen, halte ich im Folgenden schon einmal fest.

Rosel Ebert

Unter der Überschrift „Das weiße Papier" findet man auch Fragen und Antworten, die Ingeborg Drewitz ihr Leben lang begleiteten:

„Wie anfangen? Was erzählen? Warum erzählen? Sind nicht alle Geschichten austauschbar wie die, von denen sie erzählen? ... Geblieben ist die Neugier, gewachsen ist die Genauigkeit der Wahrnehmung, die Kenntnis der Zusammenhänge und der Respekt vor dem, was sich nicht sagen läßt und sich doch im Gesicht, in der Gebärde jedes Menschen spiegelt."

19

DIE SCHAUERLICHE BALLADE
ÜBER INGEBORG VON DÄNEMARK

I.

Prinzessin Ingeborg im Dänenland,
die Königstochter aus dem Reich im Norden,
war ihrer Schönheit wegen oft genannt,
doch Königin wär´ sie dort nie geworden.

Kong Waldemar der Erste war ihr Vater –
schon über acht Hektoden sind vergangen,
Regent war er, charakterlich ein harter,
ein Mann nur konnt´ die Nachfolge erlangen.

Die beiden Brüder, Knut und Waldemar,
sie folgten ihm als Könige von Dänemark.
Dem König Frankreichs, Philipp, wurde klar,
mit Knut ein Bündnis wär´ für beide Länder stark.

Er konnte ihn alsbald dazu bewegen,
dass beide sich zum Bund vereinen
um so dem großen Nachbarreich entgegen
als stark und mächtig zu erscheinen.

Das Reich, das man heut´ angevinisch nennt,
war´s Land vom Haus Anjou Plantagenét,
das man als West-Frankreich und England kennt.
Zu eng benachbart lag es in der Näh´.

II.

Knut dachte an sein eig'nes Schwesterlein,
das war die zarte, schöne Isambour.
Ihr reines Antlitz schien wie Elfenbein.
Er wusste, wie er nun mit ihr verfuhr.

Hat sie's bemerkt, gewusst oder geahnt,
dass sie politisch soll verwendet werden,
dass sie für diesen Bund schon war verplant,
ihr Frauenschicksal böse wird auf Erden?

Im Jahr elfhundertdreiundneunzig
stand sie mit Philipp vor dem Traualtar.
Die Hochzeitsnacht, die wurde nichtig
für's ach so schöne herrschaftliche Paar.

Am nächsten Tag mit vielem Pomp gekrönt,
ward sie in Philipps Frankenland, dem großen,
von Philipp und den seinen nicht verwöhnt,
wurd' Ingeborg, die Königin, verstoßen.

Sie musst' ins abgeleg'ne Kloster gehen
wohl an die zwanzig Jahr, es gibt Gemunkel.
Was war in jener Hochzeitsnacht geschehen?
's ist lange her, die Wahrheit liegt tief dunkel.

III.

Da saß sie nun in kalten Klostermauern.
In ihrem Schmerz klagt sie den König an.
Sie war zu stolz die Schande zu betrauern.
Papst Innozenz verhängt den Kirchenbann.

Zur Frau nahm Philipp Agnes von Meranien
Sie wollt er haben, nicht die Ingeborgen.
Die pflegt im Kloster nunmehr die Geranien,
und immer weiter gab´s im Volke Sorgen.

Der Bann trifft´s Land mit allergrößter Härte,
selbst Totenfeiern finden nicht mehr statt.
Die Scheidung , die ein Erzbischof gewährte,
nach Kichenrecht nie stattgefunden hat.

Verzweifelt trennt sich Philipp von der Neuen,
und kurz kehrt Ingeborg ins Schloss zurück.
Als Agnes stirbt, tat er es wohl bereuen,
denn er hat weiterhin beim Papst kein Glück.

Es hatte Ingeborg niemals gelogen.
Zwölfhundertzwölf beschwor sie ´s neu mit Worten.
Die Ehe wurde rechtmäßig vollzogen.
Der König öffnet nun des Klosters Pforten.

IV.

In Trennung lebten beide noch zehn Jahre.
Der König starb und Ingeborg wollt erben.
Sie tat recht kummervoll an seiner Bahre,
denn von der Ehe blieben nur die Scherben.

Die Ingeborg gedachte nun zu leben
wie eine Frau nach königlichem Stande
und hat geplant, die Mitgift auszugeben,
doch baute man ein Kloster, wie sie´s kannte.

Der Enkel Philipps saß jetzt auf dem Throne.
Ludwig, der Heilige – so nennt man diesen.
Schert sich um Ingeborgen nicht die Bohne.
Man nennt ihn lieber „Ludewig, den Miesen".

Zwölfhundertsechsunddreißig war zu Ende
das Dasein jener stets betrog´nen Dame.
Selbst das Bestattungsritual spricht Bände,
im königlichen Grab, da fehlt ihr Name.

Ihr Geld, es floss in Ludewigens Kassen,
ihr Grab mit seiner Platte ward zerstört.
Doch wurde uns ein Psalter hinterlassen.
Das Buch – es hat der Ingeborg gehört.

Verfasst von:
I. Klaus G. Lonvitz, II. Ilse Markgraf, III. Volker Krastel,
IV. Rosel Ebert

Die Prinzessin Ingeborg Valdemardatter, Tochter des dänischen Königs Waldemar I. und seiner Ehefrau Sophia von Minsk, wurde 1174 in Dänemark geboren, sie starb am 29. Juli 1236 in Corbeil bei Paris. Die späteren Könige Knut VI. und Waldemar II. waren ihre Brüder.

Zur Festigung des Reiches schlossen der französische König Philipp II. August und Knut VI. ein Bündnis gegen das angevinische Reich (Besitz des Hauses Plantagenét: die westliche Hälfte Frankreichs und das Königreich England).

Durch die Heirat von Knuts Schwester Ingeborg mit Philipp II. am 15. August 1193 sollte dieses Bündnis gefestigt werden. Am Tag nach der Trauung wurde Ingeborg zur Königin von Frankreich gekrönt, und noch einen Tag später von Philipp aus nie geklärten Gründen verstoßen. Zwanzig Jahre blieb die attraktive und kultivierte Ingeborg in verschiedenen Klöstern gefangen. Sie bestand auf den Rechten einer Königin von Frankreich und lehnte eine Annullierung der Ehe ab. Nicht rechtmäßig geschieden, heiratete Philipp II. Agnes von Meran, was zum Kirchenbann Philipps durch Papst Innozenz III. führte.

Um sich von dem Bann zu lösen, trennte sich Philipp von Agnes, holte Ingeborg wieder an den französischen Hof zurück und musste sie als rechtmäßige Königin anerkennen. Allerdings lebten die Ehepartner bis zum Tod Philipps im Jahr 1223 getrennt. Ingeborgs Wunsch, in der königlichen Grablege der Basilika Saint-Denis bestattet zu werden, lehnte Philipps Enkel Ludwig der Heilige ab, behielt jedoch nach ihrem Tod im Jahr 1236 ihre Mitgift ein.

Aus ihrem Besitz ist ein prächtiger Psalter erhalten. Während der französischen Revolution ließ man ihr Grab öffnen und schmolz die bronzene Grabplatte ein.

MEINE BEGEGNUNG MIT INGEBORG DREWITZ

Als zwei meiner Weggefährtinnen die Idee hatten, über „Ingeborg" zu schreiben, wollte ich dabei sein. „Ingeborg, da kennst Du doch die eine oder andere", dachte ich bei mir. Ich erinnerte mich an die Schule und an einige Bücher, die ich gelesen hatte.

Nun ist es naheliegend, dass ich irgendeinen Bezug suchte, etwas, das auf eine Verbindung zwischen Ingeborg und uns, die wir hier leben, hinweisen würde. Wir alle sind „Müggelseepoeten". Vielleicht ergab sich daraus ein Zusammenhang.

Ich erinnerte mich, dass ich vor einigen Jahren in einem Büchlein über „Märkische Sagen" gelesen hatte. Es ging um Interessantes über die Geschichte Berlins, Sagen und Märchen über die Müggelberge, über den Müggelsee, den Teufelssee und die Spree sowie das weitere Umland. Hatte das nicht eine Ingeborg herausgegeben?

Ich kramte im Bücherschrank und fand das kleine Buch. Zwischen den mal kurzen und mal längeren Geschichten waren alte Stiche und Bilder der verschiedensten Ansichten der Landschaft, von Schlössern und herausragenden Persönlichkeiten. So las ich noch einmal die spannenden Sagen und Geschichten über die Geschehnisse im Mittelalter.

Warum heißt der Ort Kohlhasenbrück? Was geschah bei Schildhorn? Wie kamen die Domkirchen auf dem Gendarmenmarkt zu ihrem Namen?

Interessanterweise wurde manche Sage mehrmals aber unterschiedlich erzählt. Man fühlte sich in die Zeit versetzt, als alles nur mündlich überliefert wurde, so dass es immer wieder kleine Ausschmückungen und Abwandlungen einzelner Texte gab.

Ja, es war eine Ingeborg, die dieses Kleinod in die Welt brachte. Ingeborg Drewitz, geboren am 10. Januar 1923 in Berlin, gestorben am 26. November 1986. Ihr Grab befindet sich auf dem Friedhof Zehlendorf in Berlin. Auch in Zehlendorf, am Haus Quermalenweg 178, befindet sich eine Gedenktafel.

Vielleicht haben Sie ebenfalls Lust, auf den Spuren von Ingeborg Drewitz zu wandeln. Den Anfang habe ich schon gemacht...

Volker Krastel

DER KLIMMZUG

Schon seit langem wusste Ingeborg, warum Günther in der Hochzeitsnacht weinte. Bald darauf zeigte er sich als weicher, ängstlicher Typ. Er war ein trauriger Hasenfuß! Nein, die Ehe mit ihm lief nicht gut! In ihren kühnsten Gedanken wünschte sich Ingeborg einen starken Traummann an ihre Seite. Sie war noch immer recht liebeslustig. Jetzt, nach der Scheidung, musste ein Neuanfang her.

Im Flur besah sich Ingeborg im großen Spiegel. Der war ihr aber nicht wohlgesonnen. Die Ehejahre hatten ihr körperlich besonders gut getan – oder doch nicht? „Ich bin zu dick!", entfuhr es ihr unter Tränen: „Kein Mann wird mich ansehen. Niemandem werde ich gefallen, und Klamotten gibt´s für mich nur bei Ulla P., also Zelte!"

Trudi, ihre Freundin, wusste Rat; hatte sie doch in letzter Zeit die Donauwellen und Windbeutel zu sehr geliebt: „Ingeborg, wir müssen endlich ins Fitness-Studio!" Gleich um zwei Ecken war ihnen das „Los Muskeleros" längst aufgefallen.

Zur Anmeldung im Wartebereich staunten sie beide über viele durchtrainierte, attraktive Menschen, die geschäftlich hin- und herliefen. Trudi wurde schon von ihrem Fitnesstrainer abgeholt. Ingeborg wartete noch. Da kam ihr plötzlich ein sagenhaft schöner

Mann entgegen. In Fitness-Kluft und mit einem warmen Lächeln um seine Augen:

„Ingeborg? Ich bin Markus. Hier reden wir uns alle mit `Du´ an." Oh Himmel! Das sollte ihr Trainer werden?! Ohne etwas zu tun, schwitzte sie schon. Fast versagte ihre Stimme, als er sie fragte, was sie mit dem Training bezwecken wolle, also welche Ziele sie hätte. Vor Verlegenheit fiel ihr nur ein: „Ich möchte endlich mal einen Klimmzug und einen Feldaufschwung schaffen."

„Ingeborg, das schaffen wir, das schaffen wir – nur nicht so schnell!" Ach, so eine angenehme, vertrauensvolle Stimme! Am liebsten hätte sie ihren Kopf an seine Schulter gelehnt. Aber was sollte er wohl dabei denken? Das geht doch nicht! Und so trainierte sie und trainierte sie. Dabei ging es ihr kaum noch um ihre Pfunde und Muskeln. Nur ihm wollte sie doch gefallen. Es schien so, als ob auch er sich jedes Mal auf das Training mit ihr freute. Ob das nur sein kommerzielles Lächeln war?

Trudi hatte schon aufgegeben: „So eine Anstrengung! Und außerdem mag mein Ralfi starke Pfunde!" Doch war sie längst der Meinung, dass Ingeborg ihren Verehrten mal in ihr Gärtchen einladen sollte. Sie hatte bemerkt, dass Ingeborg oft errötete, wenn sie von ihrem Training sprach.

Einmal, an einem schönen Frühlingstag, hatte sich Ingeborg mit hochrotem Kopf zu einer Einladung durchgerungen. Markus hatte sie angenommen, ja er freute sich sogar darauf. Oh, wie beflügelnd kann Aufregung sein! Ingeborg backte Möhrenkuchen – kalorienarm, versteht sich. Neben ihrem Gärtchen lag ein kleiner Spielplatz mit Schaukel, Klettergerüst, Ringen... Dort wollte sie ihm den endlich angezielten ersten Klimmzug zeigen.

Kurz bevor er kam übte sie noch ein wenig. Aber – es klappte nicht! Sie hing an langgestreckten Armen, die zu keiner Beugung fähig waren. Vor lauter Schluchzen verwischte ihr sorgsam aufgelegtes Makeup. Die Tränen ließen schwarzgraue Bäche über ihr Gesicht fließen. Ein Jammerbild.

Aber da kam er schon um die Ecke. Einen prachtvollen Rosenstrauß hielt er in seinen Armen. Jetzt sah er sie in ihrer prekären Lage. Was wird er wohl gemeint haben, als er impulsiv ausrief:

„Ach, Ingeborg! Lass Dich nicht so hängen!" ?
Eines ist aber bekannt: Ein halbes Jahr später trug Ingeborg einen neuen Nachnamen.

Ilse Markgraf

MEIN ERLEBNIS MIT INGEBORG

Auch ich war mal in sie verknallt,
wir gingen noch in die Schule.
Mein Flirten ließ sie leider kalt,
nicht wie beim König in Thule.

Den liebt sein Weib bis in den Tod,
doch ich war ihr egal.
Sprach ich sie an, dann sah sie rot,
und ich wurd´ blass und fahl.

Ich habe dann auch irgendwann
mich anders orientiert.
Wenn man so gar nicht landen kann,
dann ist man doch frustriert!

NACHWORT:

Einst hatte sie mir mal versichert,
dass ganz besonders Ingeborgen
ihren Geliebten gern umsorgen!
Und dann hat sie gekichert..

Volker Krastel

ICH BIN ICH

IMMER ICH –
INGEBORG BACHMANN (25.06.1926 – 17.10.1973)

Ihr literarisches Schaffen wurde vor allem geprägt durch die Kindheit in der Nazizeit und in besonderem Maße durch Beziehungen zu den unterschiedlichsten Männern. Die Biografie zeigt Ingeborg Bachmann als weltentrückte Dichterin ebenso wie als engagierte Feministin, gesellschaftskritische Schriftstellerin und philosophische Intellektuelle. Sie gilt als eine der bedeutendsten Autorinnen des 20. Jahrhunderts.

Immer ich – Worte, die Ingeborg Bachmanns Leben bestimmten. Ich habe nachfolgende Zeilen ausgewählt, aber ich werde sie nicht kommentieren, so gern ich es auch möchte. Und ich werde sie in kein Gedicht fassen. Die Worte sprechen für sich. *„Gedichte zu schreiben"*, sagte Ingeborg Bachmann, *„scheint mir das Schwerste zu sein, weil hier die Probleme des Formalen, des Themas und des Vokabulars in einem gelöst werden müssen, weil sie dem Rhythmus der Zeit gehorchen und dennoch die Fülle der alten und neuen Dinge auf unser Herz hin ordnen sollen, in dem Vergangenheit, Gegenwart und Zukunft beschlossen sind."*

Und zu Zitaten anderer, die sie für ihre Texte auswählte: *„Ich verwende nur Sätze, die ich selbst gern geschrieben hätte."*
Ich auch.

Rosel Ebert

ZEILEN AUS VERSEN DES LEBENSWERKES VON INGEBORG BACHMANN

Sklaverei ertrag ich nicht.
Ich bin immer ich...

Steige ich, so steig ich hoch
falle ich, so fall ich ganz...

Ich bin ein Strom
mit Wellen, die Ufer suchen...

Ich frag mich alle Stunden tausendmal,
woher mir dieses Lastbewusstsein kam...

Ich schüttel mich in himmelwärt'ger Schau,
versuch mich in Genuß und Raserei...

Ich wollte nie so versinken...
Ich werde wandern und suchen...

Ich bin satt vor der Zeit
und hungre nach ihr...

Ich hänge als Schnee von den Zweigen
in den Frühling des Tals...

Ich liebe. Bis zur Weißglut...
Ich lebe und höre von fern seinen Schwanengesang...

Ich fliege, denn ich kann nicht ruhig gehen,
durch aller Himmel sichere Gebäude...

Ich bin der großen Weltangst Kind,
die in den Frieden und die Freude hängt...

Ich kann in keinem Weg mehr einen Weg sehen...
Ich bin das Immerzu-ans-Sterben-Denken...

Ich werde da sein,
indem ich nicht da bin...

DIE LESUNG

Auf den heutigen Tag hat er sich gefreut. Erstmals würde er in seiner Geburtsstadt aus seinem Buch „Der Fliegenschiss auf Großvaters Brillenglas" lesen können. Zwei Geschichten hat er dafür über seine Familie und seine Kindheit ausgewählt. Lesen wird er in der „Kulturfabrik", dem Veranstaltungszentrum im Schatten des alten Domes. Unmittelbar neben seiner ehemaligen Schule, in der man ihn auf das Abitur vorbereitete. Und nur wenige Schritte von der Stelle entfernt, an der das kleine Altstadt-Haus gestanden hat, mit Großvaters Wohnung im Erdgeschoss.

Er geht langsam, denn bis zum Beginn der Veranstaltung bleibt noch Zeit. Erinnerungen steigen auf. Das Gefühl von Heimat, das ihn stets überkommt, wenn er durch die Straßen seiner Geburtsstadt geht. Er spürt wieder die Gerüche seiner Kinderjahre, des Rotdorns hinter der Grundstücksmauer, dessen Blüten er und seine Spielgefährten im Frühjahr naschten. Denkt an die Menschen, die hier wie er gelebt haben. Ob von ihnen jemand zu seiner Lesung kommen würde? Und wenn ja, würden sie sich mit ihren eigenen Erinnerungen in den Geschichten wiederfinden können? Er wünscht es sich, doch ist sich dessen nicht gewiss. Umso mehr freut er sich, als er zwei ältere Damen erblickt, die am oberen Ende der Treppe stehen, die er erklimmen muss, um zum Eingang seiner Lesungs-

34

stätte zu gelangen. Oben angelangt, grüßt er höflich, fragt, ob auch sie zu der angekündigten Lesung wollen. Sie schauen ihn verständnislos an. „Ja, kennst Du uns denn nicht mehr?" Als er verlegen schweigt, tritt eine der Beiden dicht an ihn heran, gibt ihm einen leichten Schups mit dem Knie. Die Berührung wirkt wie ein Stromstoß. Sollte das etwa Herma sein, die Tochter von Mutters Freundin!? Ihm fallen die Abende beim Bier im Jugendklubhaus ein, mit den kleinen Signalen unter dem Tisch. Es war die Zeit, in der er sich hier als Oberschüler in der „Jungen Bühne" versuchte und auf Jugendweiheveranstaltungen rezitierte.

Aber wer ist die Andere?! Sie hilft ihm: „Ich bin doch Ingeborg." Mein Gott, Ingeborg, die Inge! Etwas älter als er, hatte sie mit ihrer Mutter und ihrem Großvater im Parterre des gleichen Bürgerhauses aus der Gründerzeit gewohnt, in dem auch seine Familie zu Hause war. Er in der zweiten Etage, Ingeborg unten. Durch einen großräumigen Durchgang, in dem sich der Zugang zu ihrer Wohnung befand, gelangte man auf einen langgestreckten Hof, auf dem sich das Backgebäude nebst Mehllager des Hausbesitzers und ein kleiner Garten befanden. Er hat nicht vergessen, dass es Ingeborg war, der er seine ersten schüchternen Erfahrungen mit dem anderen Geschlecht verdankte. Da war der Nachhauseweg nach dem Baden über die Spreewiesen, auf dem sie und Margret ihm plötzlich die Badehose nach unten zogen, um seinen kleinen Schwanz zu betrachten, der sich erfreut in die Welt reckte. Dessen Inspektion sie später im Mehllager des Bäckers fortsetzten.

Er allerdings war mehr daran interessiert, dass es zum Baden nicht auf die Spreewiesen, sondern in die Badeanstalt am Stadtpark ging. Aber das nur mit Ingeborg. Direkt an der Spree gelegen, verfügte die Badeanstalt über hölzerne Umkleidekabinen, die man mieten konnte, und in die man sehr gut zu zweit hineinpasste. War er mit Ingeborg dort, durfte er sie nach dem Baden zumeist ausgiebig abtrocknen und das kleine Dreieck aus dunklen Haaren an ihrer unteren Körperhälfte mit einem Kamm ordnen, während sie ihre dicken Zöpfe flocht.

All das hat sich ihm so fest ins Gedächtnis geprägt, dass er es in seinem Buch erzählt, aus dem er heute lesen will. Und gerade diese Geschichte hatte er sich dafür ausgewählt. Doch nach ihrem Einverständnis hatte er sie beim Schreiben nicht gefragt. Genauer gesagt, er hatte Ingeborg nicht fragen können. In seiner Heimatstadt wohnte sie wie er schon längst nicht mehr. Und ihre neue Anschrift war in all den Jahren Opfer seines häufigen Tapetenwechsels geworden. Ihr wieder zu begegnen, damit hatte er nicht einmal im Traum gerechnet.

Ihm bleibt nur eines: allen Mut zusammenzunehmen, und Ingeborg seine vertrackte Situation zu beichten. Nicht ohne hinzuzufügen, dass er natürlich – wenn sie es wünscht – die interessantesten Stellen seiner Geschichte weglassen würde.

Doch die Entrüstung, mit der er fest rechnete, bleibt aus. Ingeborg lacht. Sie scheint nicht im geringsten gekränkt, sondern sich im Gegenteil sogar ein wenig geschmeichelt zu fühlen. So liest er in der folgenden Stunde seinen Text genau so, wie er ihn ausgewählt hatte. Auch über sie und ihre mädchenhafte Zärtlichkeit. Die Zuhörer applaudieren.

Zur Wahrheit dieser Geschichte gehört noch, dass sie einander fest versprachen, sich zu schreiben. Als er ihren Brief erhält, lässt er ihn vorerst liegen. Er will ihn in Ruhe beantworten. Doch als die Ruhe da ist, kann er ihn und damit ihre Anschrift in der Unordnung des ihn stets umgebenden Papierstapels nicht mehr finden. So wird er Ingeborg nicht mehr begegnen. Lebendig bleibt sie dennoch: in seiner Erinnerung, auf dem alten Foto, auf das er bei der Suche nach ihrem Brief stößt, und in den Geschichten seines Buches.

Horst Jürgen Peter Miethe

KOMMUNIKATIONSPROBLEME

Es ist allgemein bekannt, dass sich Töchter im pubertären Alter mit ihren Müttern nicht so recht verstehen. „Ach Mama! Du hast ja keine Ahnung!", verheultes Gesicht, Türengeknall.

So ging es Gerda mit ihrer Tochter. Dabei war die doch sonst immer so umgänglich und lieb. Aber in der Tochter schwelte schon lange der Zorn. Warum mussten die Eltern ausgerechnet ihr so einen Vornamen geben?! In der Klasse lachte man hinter ihrem Rücken, sie merkte es wohl.

Doch heute war es nicht mehr zum Aushalten! Der neue Chemiereferendar rief sie nach vorn und bei ihrem Namen stockte er. Wieder Gekicher in den hinteren Bankreihen. Doch diesmal lachte Sebastian laut und deutlich mit. Seit langem schon fand sie ihn so süß, sie hatte sich in ihn heftig verknallt.

Jetzt saß sie, am Boden zerstört, in ihrem Zimmer. Sie heulte und heulte. Wie konnte Gerda ihrer Tochter nur helfen? „Kind, was ist denn los? Rede doch mit mir!" Als sie ihre Tochter in den Arm nehmen wollte, schrie diese sofort los:

„Ihr seid sowieso an allem schuld! Ihr habt mir so einen blöden Namen gegeben. Keiner in meiner Klasse kennt ihn, alle lachen!"

Das hätte Gerda nun gar nicht vermutet. „Kind, du hast doch einen schönen Namen: Ingeborg. Auch Papa findet ihn schön, so alt und gediegen." Noch mehr Tränen: „Alt und gediegen! Wenn ich das schon höre! Wie eine uralte Tante heiße ich. Alle anderen haben moderne Namen."

Da blitzte in Gerda eine Idee auf. So würde sie ihrer Tochter den nötigen Halt geben können: „Also sag mal, wie viele Chantals gibt es in deiner Schule?" Ingeborg überlegte und zählte dann. In der 8b gibt es drei Chantals und in der 9. Klasse zwei, also: „Fünf gibt es."

Gerda fühlte sich oben auf: „Wie viele Carlottas, wie viele Jessicas, Emmas ...?" Jedes Mal zählte Ingeborg die Schülerinnen gleichen Namens auf. Immer gab es mehrere davon. Gerdas Augen leuchteten: „Und nun, meine liebe, wie viele Ingeborgs gibt es in deiner Schule?"

Ingeborg schniefte laut auf: „ Nur eine – mich!". „Siehst du!", triumphierte Gerda und wollte ihre Tochter freudig umarmen. Die riss sich los: „Aber Mama, das ist es ja! Nur mich alleine !"

Wir können Ingeborg nur raten, dieses Buch zu lesen. Sie wäre dann bestimmt sehr stolz auf ihren Namen. Sogar Sebastian würde nicht mehr hinterrücks lachen.

Ilse Markgraf

DER ENKELTRICK

Herr und Frau Bolling sind schon ein altes Ehepaar. Bekannt in ihrer Gegend sind sie durch ständig lautes Streiten. Dabei waren sie doch früher ein ausgesprochen liebevolles Traumpaar.

Einst sah man diese beiden einträchtig und fröhlich spazieren gehen, oft untergehakt. Doch nun, in die Jahre gekommen, verhalten sie sich wie widerborstige, alte Ziegenböcke. Kaum kommen sie an eine Weggabelung, geht der Zank schon los. Welche Richtung schlägt man ein? Der eine will hier hin, der andere dort lang. Und es wird laut! Alle kriegen es mit.

Wie peinlich, findet Ingeborg, die Enkelin. Die Ferien muss sie manchmal bei den Großeltern verbringen. Jedes Mal versucht sie, sich davor zu drücken, aber nein, es geht nicht anders. Sie muss die beiden Streithähne ertragen.

Einmal, als Ingeborg wieder in einen Krach gerät, es geht um irgendein Fernsehprogramm, platzt ihr der Kragen! „Hört auf zu streiten, ich kann es nicht mehr aushalten! Kennt ihr denn nicht SCHNICK-SCHNACK-SCHNUCK?" Und sie erklärt den Großeltern, was sie gerade in der Grundschule kennengelernt hatte und in den Pausen mit ihren Freundinnen spielt: „Wir kennen alle das Händespiel: Papier wickelt Stein ein, Stein fällt in den Brunnen, Schere schneidet Papier, wird

40

vom Stein geschärft, kann aber auch in den Brunnen fallen usw..."

Die Bollings hören der Ingeborg ernsthaft zu. Stolz sind sie auf ihre Enkelin, was die alles weiss! Dann üben alle drei dieses Spiel. Es macht viel Spaß, und ab und zu wird sogar mal gelacht. Sie können es selbst nicht fassen.

Aber jetzt sieht man oft das alte Ehepaar an einer Weggabelung stehen und lachend seltsame Handbewegungen machen. Dann haken sie sich unter und schlenderten gemeinsam in eine Richtung weiter.

In einem sind sich die beiden auf jeden Fall einig: „Das Kind, die Ingeborg, die muss mal in die Politik!"

Ilse Markgraf

EINE VERPASSTE GELEGENHEIT

Es war ein sonniger Sonntag im April im Jahre 2020, nach einem grauen, schneelosen, trockenen Winter. Nur wenige Tage waren die Temperaturen um den Gefrierpunkt, auch gab es kaum Nachtfröste. Ich hatte die früheren Winter, an denen wir auf dem Müggelsee unsere Schlittschuhe anzogen, vermisst, auch wenn ich das heute in meinem Alter nicht mehr könnte. Bei

Sonnenschein rasten wir über den glatten, zugefrorenen See. Die frische Luft und Bewegung machten Appetit und erzeugten ein Glücksgefühl.

Heute friert der See kaum noch zu, der Klimawandel ist allgegenwärtig. Doch noch immer bieten Wald und Wasser die Möglichkeit zu schönen Spaziergängen, wobei sich die Gegend immer wieder anders präsentiert. Auch, wenn die Jahreszeiten ein wenig verschwimmen.

Nun war der Frühling angebrochen, es war Palmsonntag, also eine Woche vor Ostern. Trotz der Sanktionen, die wegen einer grassierenden Viruserkrankung den Ausgang einschränkten, konnte man doch wenigstens ungestraft einen Spaziergang wagen. Allerdings gebot die Vorschrift zwei Meter Abstand zwischen den Personen. Nicht mehr als zwei Menschen oder die Mitglieder einer Familie durften zusammen sein. Die Krankenhäuser waren auf einen Patientenansturm vorbereitet. Viele Geschäfte hatten geschlossen. Die Inhaber bangten um ihre Existenz. In den Supermärkten waren einige Regale leer. Der Warennachschub stockte und die Menschen hamsterten. Damit verknappten sie künstlich einige Produkte. Das gesellschaftliche Leben der Großstadt war total erloschen.

Das neue Coronavirus hatte inzwischen die ganze Welt im Griff, wie uns die Nachrichten unentwegt vermittelten. Ich brauchte frische Luft, um auf andere Gedanken zu kommen.

Ich lief im Wanderschritt an der Spree entlang, dabei sah ich einen Graureiher, der reglos auf einem im Wasser liegenden Baumstamm stand und von mir kaum Notiz nahm. Als ich mich dem Spreetunnel näherte bemerkte ich auf der Wiese ein Dutzend Kanadagänse, von denen immer eine aufpasste, was in der Umgebung geschah, während die anderen fraßen. Ich blieb stehen und betrachtete die schönen Tiere, die wohl mancherorts schon eine Plage sind. Dabei bemerkte ich, dass sich die Tiere mit der Aufgabe als Posten abwechselten. So kamen alle zu Nahrung.

Wegen der Ausgangsbeschränkung waren bei dem schönen Wetter kaum Menschen unterwegs.

Nachdem ich so eine geraume Zeit die Gänse beobachtet hatte, hörte ich hinter mir Stimmen. Eine Frauenstimme sagte: „Ingeborg, das musst du unbedingt lesen!" Ich drehte mich um und sah zwei Frauen, die im gebotenen Abstand einen Spaziergang machten und sich deshalb auch relativ laut unterhielten. Inzwischen waren die Frauen näher gekommen. Ich erkannte eine ehemalige Kollegin, die mich aber nicht bemerkt hatte. Es war auch gut so, denn damit hätten wir das Verbot – nicht mehr als zwei Personen – gebrochen.

Ingeborg, ja, wie war sie? Eine Ärztin, die nie Emotionen hatte, die nie ihrem Ärger einmal Luft machte und zu jeder Tages- und Nachtzeit die Freundlichkeit wie von einem Band abspielte, so dass sie manchmal nicht ganz echt wirkte. Jeder von den Kollegen, die ich kannte, hatte mal Ärger und Frust und gab das auch kund, Ingeborg niemals. Das war für mich ein Phänomen, das mich so sehr beeindruckt hatte, dass es sofort in meiner Erinnerung auftauchte. Sie war sehr gewissenhaft, so sehr, dass sie ihre Promotion nie abschloss, weil sie immer alle neuen Erkenntnisse einarbeiten wollte und so nie ein Ende fand. Für die Patienten aber war sie eine gute Ärztin und unendlich fleißig in jeder Hinsicht.

Sie war einige Jahre älter als ich, aber, wie ich bemerkte, immer noch flotten Schrittes unterwegs. Was wird sie heute als Rentnerin wohl machen, wo ihr Beruf doch ihr Lebenszweck war?

Ich vermied es, sie anzusprechen. Vielleicht würde Ingeborg bei ihrer Gründlichkeit auch auf die gerade herrschenden Bestimmungen hinweisen, die ein längeres Gespräch nicht zuließen. So war eine Wiederbegegnung verpasst.

Anneliese Berger

SEIN GEDICHT...

Sein GEDICHT -
Erst einsam
unterwegs

führt zum GESPRÄCH -
nachdem seine ANGEBETETE
es las

RÜCKKOPPELUNG
erfolgte
als sie ihm schrieb

Ein BRIEF
HAND -
SCHRIFTLICH:

„Ich liebe
DICH !
INGEBORG"

Jürgen Molzen

SOLVEIGS LIED

Zweimal Ingeborg – eine am Anfang und eine am Ende der Geschichte. Eine in der Gegenwart und eine in der Vergangenheit. Türen, die sich öffnen. Ich gehe hindurch und fühle mich ihnen nahe. Beide verbindet die Musik. Genauer: ein wunderbares, zu Herzen gehendes Liebeslied. Die Arie der Solveig aus der Oper Peer Gynt von Edvard Grieg. Doch weiß die eine nichts von der anderen. Nur durch mich sind sie miteinander verbunden.

Die Ingeborg der Vergangenheit ist ein Stück meiner Kindheit. Ein kleines nur, aber es ist mir all die Jahre im Gedächtnis geblieben.

Ich sehe mich in einem Alter von acht oder neun Jahren vor eine schier unlösbare Aufgabe gestellt: Meine Eltern erwarten von mir, dass ich Klavierspielen lerne. Gefragt werde ich nicht. Als Vorbilder gelten mein Cousin, meine Cousine und meine Schwester. Alle drei älter als ich und offensichtlich mit dem nötigen Talent ausgestattet. Die Begeisterung eingeschlossen. Dass mir sowohl das eine als auch das andere fehlt, weiß ich schon längst. Aber was nützt das? Ich muss, ob ich will oder nicht.

So trotte ich in schönster Regelmäßigkeit zu unserem gemeinsamen Klavierlehrer Herrn Zimmer. Noch immer besitze ich das nun schon ziemlich zerschlissene

Heft mit braunem Pappdeckel und geschwungenem weißem Klebeetikett. Darauf steht mit der Handschrift meiner Mutter: Rosel Winkler, Stadtgutweg 24 II. Der Stadtgutweg befand sich in Halle an der Saale und dort wohnten wir in der zweiten Etage.

Zurück zu Herrn Zimmer und meinem Aufgabenheft. Es ist ein für mich einmaliges Dokument. 24 Seiten sind beschrieben. Leider nur mit Bleistift, sodass man heute Mühe hat, das dort Festgehaltene zu entziffern. Abwechselnd die Handschrift von Herrn Zimmer und eine Kinderschrift, die ich allerdings eher meiner Schwester als mir zuordnen würde. Möglich, dass sie auch zu meinen Stunden anwesend war und mein Büchlein akkurat führte. Mir hätte das sowieso keiner zugetraut. Eingetragen das jeweilige Datum mit einer römischen Ziffer für den Monat, die Übungsaufgaben zur nächsten Stunde, der Vermerk des Lehrers über die gezeigten Leistungen und die Gegenzeichnung meines Vaters. Ordnung muss sein.

Mein Unterricht begann am 25. X. 1951. Zweimal wöchentlich musste ich in der Regel hin. Dazwischen zu Hause üben und immer dem Vergleich mit den „Großen" ausgesetzt. Wer kann so etwas aushalten? Zu meiner Erleichterung enthalten die Eintragungen von Herrn Zimmer nicht nur kritische Vermerke. Zugegeben: Ich wurde den Erwartungshaltungen aller wirklich nicht gerecht, und ich mutmaße, auch meinen Eltern war das irgendwann klar.

Doch dass mein Unterricht mit der wie immer erfolgten Aufgabenstellung zum Montag, dem 22. VI. 1953, ein plötzliches Ende fand, hätte sicher keiner vorher gesehen. Ich erinnere mich, dass ich wegen der Aufstände und Unruhen um den 17. Juni 1953 niemanden zu meinem 10. Geburtstag am 18. Juni einladen durfte, und vermutlich wurde vor diesem Hintergrund auch der Klavierunterricht für mich gestrichen. Was nicht heißt, dass ich etwas gegen Musik habe. Im Gegenteil. Doch ohne Talent und Ehrgeiz hätte ich es zu nichts Vorzeigbarem bringen können. Da schreibe ich lieber Geschichten. Allerdings führt mich diese hier nun doch wieder zum Klavierspiel und zu Ingeborg zurück.

Ingeborg war die Tochter von Schwanebergs, unseren Nachbarn. Einige Jahre älter als ich, sehe ich sie in meiner Fantasie vor mir mit langen, zu einem Kranz geflochtenen Haaren. Schwanebergs definierten sich nicht nur als musikalische Familie schlechthin. Sie pflegten auch die Hausmusik, vor allem, wie ich glaube, von Mutter und Tochter getragen. Wie oft wir zu diesen kleinen „Konzerten" eingeladen wurden, weiß ich nicht mehr. Doch das eine mit „Solveigs Lied" ist für mich immer gegenwärtig, wenn ich diese Arie höre. Ich sehe Ingeborg Schwaneberg am Klavier und die Mutter singt. Gekonnt ist gekonnt. Die Erinnerung daran trägt den Namen „Ingeborg", die ich ganz sicher damals für ihr Können bewunderte. Der nachhaltige

Eindruck, den dieser Vortrag bei mir hinterlassen hat, ist für mich noch immer ein Rätsel. Vielleicht soll es eine Bestätigung dafür sein, dass ich mich nie wieder bemüht habe, ein Musikinstrument zu erlernen.

Fast 70 Jahre sind seitdem vergangen. Ich habe nicht die geringste Ahnung, was aus Ingeborg Schwaneberg geworden ist. Doch ich höre die Musik des Liedes und denke an sie. Auf der Suche nach einer Interpretin, die diesem Bild gerecht wird, fällt mir wie zufällig eine Audio-CD in die Hand – die Aufnahme eines Fernsehwunschkonzertes mit der einmaligen Ingeborg Hallstein. Diese Ingeborg singt wie eine Nachtigall. Wieder und wieder höre ich mir „Solveigs Lied" an und der Kreis schließt sich. Ein Puzzleteil meiner Kindheit wird heute zu einem emotionalen Erlebnis, indem sich ein Name und ein Lied zu etwas Bleibendem vereinen.

Wieviel Zeit liegt dazwischen! Die Worte Solveigs fallen mir ein: „Der Winter mag scheiden, der Frühling vergehn, der Sommer mag verwelken, das Jahr verwehn...". So ist das Leben, und es hinterlässt doch immer wieder eine neue Spur.

Rosel Ebert

30. Juli 2020
Namenstag für Ingeborg und Inga

IHR NAME WAR IHR ZEICHEN

Nur unscheinbar war sie in ihrem Wesen,
doch gütig, liebevoll war'n ihre Blicke,
die Augen blau, wie Blüten einer Wicke.
Gedanken, die sie hatte, konnt' man lesen.

Wenn sie mit jemand sprach – es war erlesen.
Fand sich mal wer in einem Missgeschicke,
dann half sie und zerschnitt die Stolperstricke.
So kannt' man sie – so war sie stets gewesen.

Beschützerin der Menschen und der Worte –
in ihrer Sprache klang schon Wärme, Güte,
wo Hilfe nötig war, war sie am Orte.

Ihr Name barg in sich schon: „Ich behüte!"
Für Hilfe hatte sie 'ne off'ne Pforte –
ja, Ingeborg war Sinnbild reinster Güte.

Klaus G. Lonvitz

MÖGEN SIE FISCH?

Ja, frisch muss er auf den Tisch! Am besten, man kauft ihn in einem Fischladen und bereitet ihn sofort zu. Aber wo gibt es in Berlin noch Fisch-Fach-Geschäfte? Gleich um die Ecke sind sie nicht zu finden. Nur abgepackt und tief gefroren kauft man heute im Supermarkt Fisch, oder? Es sei denn, man gehört noch zur Gruppe der Jäger und Sammler. Dann könnte man nach geraumer Wartezeit ein mickriges Rotfederchen aus der Spree ziehen.

Einst, in der guten, alten Zeit, stand in Berlin Schöneweide ein Fischgeschäft, immer rappel voll von Leuten, meist älteren Damen. Auch wir Kollegen kauften dort gerne für unser Frühstück in geselliger Runde mal ´n Salat, Matjes oder Sprotten usw. ein. Die lange Schlange an der Einkaufstheke störte uns nicht. Im Gegenteil, uns bot sich jedes mal ein wunderbares Schauspiel.

„Ja, meine Dame, was hätten Sie gern?" „Den Kabeljau dort hinten." Der Fischverkäufer lief dahin und hielt einen silbrigen Fisch in die Höhe. „Meinen Sie diesen Fisch?" „Ja diesen Kabeljau möchte ich gerne." „Gut meine Dame, aber dieser Kabeljau heißt Forelle. Ach, den nehmen Sie trotzdem..."

Oder ein anderer Dialog: „Ja, 300g Häckerle. Kann es etwas mehr sein? Danke. Sagen Sie mal, Sie sehen heute so gut aus. Sie waren beim Friseur! Habe ich gleich gemerkt!"

Oder: „Frau Lehmann, heute tragen Sie eine besonders schöne Kette. Die ist bestimmt echt."

Frau Lehmann druckst verlegen etwas herum, denn sie wollte den netten Fischverkäufer nicht belügen. Der wiederum schaltete sofort: „Ach, ich weiß ja, wie das ist. Heutzutage hat man den echten Schmuck im Tresor." Und so ging es weiter. Für jeden wusste er etwas Nettes zu sagen.

Wir alle liebten Ingo, den Fischverkäufer. Mittleren Alters, rothaarig bediente er seine Kundschaft in einem besonderen Singsang, der zumeist ein Schmunzeln provozierte. Aber alles ging so sympathisch vonstatten, dass wir Kollegen uns darum rissen, für unser aller Frühstück bei Ingo etwas einzukaufen.

Einmal, nach einem anstrengenden Arbeitstag, ging ich abends noch ein paar Schritte durch den Park. Es kamen mir ein Herr und eine Dame entgegen. Die Dame kam mir irgendwie bekannt vor. Wer war sie nur? Etwas verweint um die Augen, die Frisur derangiert – eine unglückliche Frau. Und da hörte ich den bekannten Singsang von Ingo: „ Aber ich lieb ihn doch so sehr!" Schluchz. Der liebe Freund beruhigte sie:

„Ja, Ingeborg! Es ist immer schwer, verlassen zu werden..."

Das war Ingo, also Ingeborg im wahren Leben! Ach Ingeborg! Der Kummer um den nichtsnutzigen Liebsten ist bald vergessen. Ich wünsche dir einen, der dein liebes Herz für jedermann und deinen Humor zu schätzen weiß.

Du bist bis heute nicht vergessen als FischverkäuferIn NUMMER EINS in Schöneweide.

Ilse Markgraf

SEHNSUCHT ...

Ich schreibe diese Zeilen
für dich im Abendlicht.
GEDANKEN von mir eilen
zu dir mit dem Gedicht.

GEDANKEN meiner Liebe,
die Städte überbrückt.
Auch wenn ich dir nicht schriebe,
dein Lächeln mich beglückt.

Dein Lächeln mit den Grübchen,
unendlich süß ich find´.
Ach INGEBORG, mein Liebchen,
wie schwach doch Worte sind.

Jürgen Molzen

ICH BIN DA,
AUCH WENN ICH NICHT DA BIN

ALTE LIEBE

Die Tür ging auf. „Ingeborg!" rief eine zittrige, aber dennoch durchdringende Stimme, die vorbeigehende Passanten zusammenzucken ließ. Sie gehörte einer alten, nur mit einem Nachthemd und Hausschuhen bekleideten Frau, die hilflos auf der Straße stand und einen sichtlich verwirrten Eindruck machte. Glücklicherweise war es ein Sommertag, dessen Wärme man schon am frühen Morgen spüren konnte. Dann sagte die alte Frau noch einmal, diesmal etwas leiser: „Ingeborg".

Keiner der Fußgänger blieb stehen. Irgendetwas schien ihr dann aber doch eingefallen zu sein und sie ging los. Links, am Ende der Häuserreihe, befand sich ein Park. Offensichtlich das Ziel des kleinen Ausfluges. In sichtbarer Nähe stand eine Bank, auf der eine junge Frau saß. Sie hielt einen Säugling im Arm und wiegte ihn summend hin und her. Dann nahm sie aus dem Wagen ein Fläschchen und gab dem Kind zu trinken. Voll konzentriert war es der Mutter entgangen, dass die alte Frau ein wenig abseits stand und ihr zusah. Dann hörte sie den Namen: „Ingeborg". Und noch einmal: „Ingeborg".

Behutsam legte die Junge das Baby in den Wagen und ging auf die Alte zu. „Guten Morgen. Wo wollen Sie denn hin?" Sie nahm die Hand der Ausreißerin und führte sie zur Bank. Ein Lächeln huschte über das Gesicht der alten Frau und sie streichelte der Jüngeren über den Arm. Die nahm eine Decke aus dem Wagen und legte sie ihr über die Beine. Ein wenig Fürsorge und Aufmerksamkeit schienen gerade das Richtige zu sein, was die alte Frau jetzt brauchte. Doch wo kam sie her, und wo gehörte sie hin?

Die junge Frau war sich nicht sicher, was sie tun sollte. Vom Handy aus die Polizei anrufen? Aber war das nicht viel zu aufregend? Alleinlassen konnte sie die Alte, die ihr weder Namen noch Adresse sagen konnte, auf keinen Fall. Wem war sie wohl davongelaufen? Ohne Tagesbekleidung und vermutlich auch ohne ein ordentliches Frühstück?

Während die junge Frau gerade dabei war, die Flasche mit Tee, die sie bei ihren Spaziergängen immer bei sich hatte, aus der Tasche zu holen, hörte sie, wie eine Männerstimme laut rief: „Ella! Ella! Wo bist Du bloß?" Das ist die Rettung! „Hier", rief die junge Frau zurück, ohne zu wissen, ob es sich bei der Frau neben ihr tatsächlich um die gesuchte Ella handelte. Doch sie war es, was für ein Glück. Natürlich für alle Beteiligten. Auch der ältere Mann konnte seine Freude und Erleichterung nicht verbergen, seine Frau wohlbehalten wieder nach Hause bringen zu können.

Er drückte Ella an sich, und die junge Frau bemerkte voller Rührung, mit wie viel liebevoller Zuwendung das geschah. „Komm, Ella, unser Frühstück wartet. Ich habe extra Brötchen geholt.", sagte er halb zu der Anderen gewandt. Dann gingen sie beide Arm in Arm davon, so als gehörte Ellas Verschwinden zum tagtäglichen Morgenritual. Die junge Mutter schaute ihnen nach und verfolgte ihren Weg, bis sie hinter der Häuserecke verschwunden waren. Erst dann fiel ihr ein, dass sie so gar nichts über das Leben und den Alltag dieser beiden alten Menschen wusste. Aber vor allem stand wie ein verborgenes Geheimnis die unbeantwortete Frage im Raum: Wer und wo, um alles in der Welt, ist „Ingeborg"?

Rosel Ebert

AM ENDE EINE GESTE

Gestern bekam ich einen Brief, in dem mich eine Frau um Auskunft über ihre Mutter bat. Ich war etwas verwundert, weil ich den Namen der Schreiberin nicht kannte. Doch der Inhalt klärte mich auf. Es handelte sich um die Tochter einer ehemaligen Nachbarin, die verheiratet war und den Namen ihres Mannes trug.

Ich erinnerte mich noch gut an die Mutter der Briefschreiberin, Ingeborg Weidendörfer, meine Nachbarin, die so früh verstorben war. Ich kannte auch ihre Lebensgeschichte, die sie mir während ihres langen

Krankenlagers, an dem ich sie oft besuchte, anvertraute. Ich erinnere mich auch noch daran, wie sie sich als neue Nachbarin vorstellte. Sie hatte mich wohl von ihrem Fenster aus gesehen. Als ich das Treppenhaus betrat, ging ihre Wohnungstür auf und sie sagte: „Ich bin Ingeborg, die neue Nachbarin." Danach gab es wenig Kontakt, erst als sie krank wurde, kamen wir uns näher, und sie erzählte mir von ihrem Leben.

Es herrschte keine liebevolle Atmosphäre in ihrem Elternhaus. Der Vater regierte die Familie nach dem Prinzip „Zucht und Ordnung". Die Mutter fügte sich ihrem jähzornigen Mann, der dem jüngeren Sohn alles durchgehen ließ, die Tochter jedoch oft bestrafte. So kam es, dass das Mädchen ohne Zärtlichkeit aufwuchs und zu allem Unglück schon sehr jung schwanger wurde. Ihre Eltern übernahmen sofort die Erziehung der Enkelin und trennten die junge Mutter von ihrem Kind. Der Vater des Kindes wurde Soldat im 2. Weltkrieg. Sie hatten zwar noch geheiratet, aber nie ein Familienleben geführt. So kam es, dass die Ehe nach Kriegsende nicht funktionierte und geschieden wurde. Wohnraum war knapp, deshalb blieb die junge Mutter mit ihrem Kind bei den Eltern.

Später lernte Ingeborg wieder einen Mann kennen, der zwar jünger war als sie, der zu ihr aber gar nicht so recht passte. Sie: groß und kräftig mit herben Gesichtszügen, einer großen Nase und kräftigen Armen. Er dagegen: grazil, sehr schlank und von gleicher Größe. Sie waren sich über ihre berufliche Tätigkeit nähergekommen. Die Eltern drängten sofort auf Heirat, um die Versorgung ihrer Tochter zu sichern. Die Enkelin blieb bei den Großeltern und wurde jeglichem Einfluss der eigenen Mutter und des Stiefvaters entzogen.

Es schien wenig verwunderlich, dass Ingeborgs Tochter nicht viel von ihrer Mutter wusste, war sie doch eher wie eine Tante, die mal zu Besuch kam. Ingeborgs Mann, der Stiefvater des Kindes, verstand sich nicht besonders gut mit seinem Schwiegervater und mied unnötige Begegnungen mit diesem mürrischen alten Mann, der an seiner Abneigung keinen Zweifel ließ.

So kam es, dass Ingeborg häufig allein zu ihren Eltern fuhr, um ihre Tochter Susi zu sehen. Dort sprach man nicht gut über den neuen Ehemann. Ingeborg stand zwischen den Stühlen. Auf der einen Seite die Eltern und das Mädchen, das zu ihrer Großmutter „große Mutter" sagte, auf der anderen der Ehemann, der die Differenzen zu spüren bekam. Es dauerte auch nicht lange, bis in der Ehe Probleme auftraten, die sich noch verstärkten, weil Inge, wie sie alle nannten, mit den Reibereien nicht fertig wurde und gelegentlich zur Flasche griff. Das provozierte neue Konflikte mit lautstarken Auseinandersetzungen, die die Nachbarn selbstverständlich bemerkten. Der Mann schämte sich für seine Frau, die ihm auch schon mal ein blaues Auge beigebracht und dabei die Brille zerschlagen hatte. Ärger gab es auch schon früher mit Nachbarn, weshalb man öfter die Wohnung wechselte. Aber es änderte sich nichts. Inge, die selbst nie Liebe erfuhr, konnte ihrem Kind nur weitergeben, was sie aus dem Elternhaus kannte. Der Gedanke einer Trennung tauchte bei dem Ehemann, der ein Fremder in dieser Familie geblieben war, oft auf.

Die Konflikte hielten an, bis Ingeborg schwer erkrankte. In dieser Situation konnte ihr Mann sie nicht verlassen. Er pflegte sie aufopferungsvoll und Ingeborg hat in der für beide schweren Situation erfahren, was Liebe und Zuneigung bedeuten. Sie wurde nachdenklicher. Längst war ihre Impulsivität gewichen. Das Leben hatte Wunden hinterlassen. Kraftlos und hinfällig erduldete Inge bewundernswert ihr Schicksal. Am Ende wünschte sie ihrem Mann eine Zukunft mit einer Frau, die liebevoller zu ihm sein sollte, als sie es je war. Eine großzügige Geste, die ihn rührte.

Anneliese Berger

HELGA UND INGEBORG

Manche Dinge entwickeln sich wie von selbst. Sozusagen ohne jede Absicht. Rein zufällig entdecke ich beim Sortieren meiner Bücher im Regal zwei kleine Bändchen. Sie stecken neben einer dicken vierbändigen Ausgabe sämtlicher Werke des dänischen Dichters Theodor Storm. Bei meinem „Fund" handelt es sich um Erzählungen der schwedischen Dichterin Selma Lagerlöf (1858 – 1940).

Ich nehme zuerst das dünnere Büchlein näher in Augenschein. Es enthält die Novelle „Das Mädchen vom Moorhof" und schildert eine Episode aus dem Jahr 1882. Ich lese mich fest und bin beeindruckt. Ganz besonders von zwei Frauengestalten, deren Namen für mich eine besondere Bedeutung haben. Sie sind eng miteinander verbunden: das Mädchen mit dem Namen Helga und Ingeborg, die Mutter vom Hofe der Erlandssons. Selma Lagerlöf hat sie zum Leben erweckt.

Die Handlung lässt sich kaum in wenigen Worten schildern: Helga stammt aus einfachsten Verhältnissen und ist von ihrem Dienstherrn, einem verheirateten Bauern, schwanger geworden. Dann hat dieser sie fortgeschickt, und er leugnet hartnäckig, sich mit ihr eingelassen zu haben. Bevor er vor Gericht einen Meineid schwört, nimmt Helga die Klage zurück, was die Bewohner des Dorfes beeindruckt. Helga fühlt sich trotzdem weiter verachtet. Ohne Anstellung weiß sie nicht, wie sie sich und ihr uneheliches Kind durchbringen soll, und will ihrem Leben ein Ende setzen. Doch in diesem Moment kommt Gudmund, der Sohn des wohlhabenden Nachbarn Erlandsson, um ihr im Auftrag seiner Mutter Ingeborg, die Mitleid mit dem Mädchen hat, eine Stellung auf ihrem Hof anzubieten. Allerdings ist Gudmund verlobt mit Hildur, der Tochter des Amtmanns, und diese will nicht mit Helga unter einem Dach wohnen. Schweren Herzens schickt Ingeborg Helga weg. Unmittelbar vor der geplanten Hochzeit gerät Gudmund unter Mordverdacht und Helga ist es, die seine Unschuld beweisen kann. Am Ende gibt Hildur Gudmund das Eheversprechen zurück. Gudmund und Helga gestehen sich ihre Liebe.

Ist es Zufall oder Absicht, dass Selma Lagerlöf der Mutter den Namen „Ingeborg" gab? In meiner Vorstellung tat sie es bewusst, denn ganz sicher kannte sie die Bedeutung dieses Namens. Ingeborg – die Schutzbietende, die Hilfsbereite, vor allem für Menschen in Not. Mutter Ingeborg ist eine warmherzige, kluge Frau, die das Herz am rechten Fleck hat. Eine Schwiegertochter mit Besitz ist ihr weniger wert als eine aus einfachen Verhältnissen, die ihren Sohn liebt. Und Helga? Sie, als Hauptfigur des Geschehens, gibt dem Thema den ihm eigenen Sinn. Einen Grundgedanken, den wir ebenso in anderen Novellen oder in Märchen finden: Die Demut und Opferbereitschaft des armen und betrogenen Mädchens Helga führt zur Überwindung von Stolz und Vorurteilen ihrer hartherzigen Umwelt.

Was fange ich nun damit an?
Dass die Ingeborg in unser Buch passt, ist unumstritten. Doch Helga? Helga heißt meine Schwester. Logisch, dass ich sofort an sie denke. Zumal, wie schon geschrieben, auch sie mit uns gegenwärtig auf den Spuren der Ingeborg wandelt. Außerdem übernahm sie die Rolle einer Korrektorin unseres Buches und schaut mitunter auch aus dem Blickwinkel einer Lektorin auf das Geschriebene. Also hat sie es verdient, dass ich in Verbindung mit Selma Lagerlöfts Helga auch sie erwähne.

Zugegeben, das Schicksal der Helga vom Moorhof hat mit dem meiner Schwester so gar nichts zu tun. Allerdings liegen die Ereignisse auch fast 140 Jahre zurück. Wer weiß, wie es meiner Schwester damals ergangen wäre? Ich gehe unsere Ahnenreihe soweit zurück und stoße tatsächlich auf Parallelen. Unser Urgroßvater wurde im Jahr 1858 als uneheliches Kind geboren! Seine Mutter, die den Namen des Vaters verschwieg, lebte zwar nicht in Schweden, sondern in Naundorf bei Eilenburg. Aber wir haben noch heute den Verdacht, dass der Gutsbesitzer bei dieser Angelegenheit nicht ganz unbeteiligt war. Zugegeben hat er es offensichtlich nie. Irgendwie erinnert uns das tatsächlich an Selma Lagerlöfs Helga. Auch die Tatsache, dass unsere Ur-Ur-Großmutter dann doch noch einen Mann bekam, der sie heiratete. Nehmen wir mal an, es war eine gute Partie. Belegen können wir das allerdings nicht.

Fehlt noch der Name. Nein, unsere Ahnin hieß nicht Helga. Ihr Name war Johanne Rosine!!!! „Um Gottes Willen", sagt eine innere Stimme in mir, „hör auf, denn nun läuft das Ganze aus dem Ruder!" Der Name „Rosine" ähnelt tatsächlich verdächtig dem meinen. Lassen wir die Ahnenreihe lieber so wie sie ist und wenden uns noch einmal der Novelle von Selma Lagerlöf zu.

Ich lese eine Ankündigung im Internet: „Ein Filmjuwel" mit dem Titel unserer Novelle aus dem Jahr 1958. Jetzt auch auf DVD! Was soll ich machen? Entgegen meiner sonstigen Gepflogenheiten reizt es mich, diesen „Heimatfilm" zu erwerben. Was habe ich erwartet? Die Handlung und die Personennamen sind so, dass ich trotz leichter Veränderung den Ablauf nachvollziehen kann. Was mich darüber hinaus beeindruckt ist die Tatsache, dass ich bei den Schauspielerinnen auf eine Ingeborg und eine Inge stoße. Die im Jahr 1926 geborene Ingeborg Scholz spielt die Braut Hildur. Was für ein Glück, dass sie sich am Ende zu einem uneigennützigen Menschen wandelt.

Und dann erscheint auch noch als „halbe" Ingeborg Inge Meysel in der vermutlich winzigsten Rolle ihres Lebens auf der Bildfläche. Sie liegt im Bett und stellt die kranke Frau des Verführers dar. Mit der für sie typischen Art passt Inge Meysel durchaus in die Rolle der betrogenen Ehefrau. Allerdings wäre ihr der Beiname „Mutter der Nation", den sie später erhielt, für diese Nebenfigur sicher nicht zugesprochen worden.

Fazit: Die Schwedin Selma Lagerlöf, die 1909 als erste Frau den Nobelpreis für Literatur erhielt, hat unser Buch durch ihre Ingeborg auf wunderbare Weise bereichert. Gleichzeitig half sie uns, einzutauchen in alte Zeiten und Sitten und einmal mehr zu der Erkenntnis, wie sehr sich das alles gewandelt hat.

Rosel Ebert

INGEBORG UND ICH

Bei dem Namen Ingeborg denke ich an eine außerge-
wöhnliche Frau, deren Leben keineswegs alltäglich
verlief. Obwohl wir uns nie begegneten, gibt es Ge-
meinsamkeiten, die uns verbinden.

Ingeborg Rapoport, geboren im Jahr 1912, war ein
besonderer Mensch, eine renommierte Ärztin, die
man weit über Deutschlands Grenzen hinaus kannte.
Der Halbjüdin untersagten die Nazis 1938 in Deutsch-
land die mündliche Prüfung zur Promotion, was letzt-
endlich dazu führte, dass sie das Land verließ. Nach
ihrer Rückkehr aus den USA begründete die Kinderärztin und Professorin an der Charité in der DDR die
Neonatologie. Nicht zuletzt ihrem Engagement ist es
zu verdanken, dass die Kindersterblichkeit in diesem
Land in den folgenden Jahren deutlich zurückging.

Ingeborg Rapoport hielt die Ereignisse, die ihr Leben
bestimmten, in dem Buch „Meine ersten drei Leben"
fest, und ich finde, dass man es unbedingt gelesen
haben muss. Aufsehen erregte sie noch einmal im Jahr
2015 mit der Verteidigung ihrer Doktorarbeit an der
Universität Hamburg, wofür sie die Gesamtnote mag-
na cum laude erhielt. Mit 102 Jahren war Ingeborg R.
der älteste Mensch, der je ein Promotionsverfahren
abgeschlossen hatte.

Ich selbst bin 1938 geboren und wollte ursprünglich

auch Kinderärztin werden, bekam aber 1963 keinen Ausbildungsplatz, wurde deshalb Internistin, konnte mit 24 Jahren promovieren und arbeiten. Beinahe wäre die Charité mein erster Arbeitsplatz gewesen. Meine Vergangenheit verlief eher unspektakulär. Eine andere Zeit war angebrochen. Ich hatte das „Glück der späten Geburt".

Jetzt, wo ich mich näher mit Ingeborg Rapoport beschäftige, stelle ich fest, dass es nicht nur die Medizin ist, die uns verbindet. Es ist die Liebe zu den Kindern, die ihren Ausdruck in Büchern fand, die wir für die Generation unserer Enkel schrieben – sie ebenso wie ich. Und aufregend finde ich schon, dass wir beide das Verhalten der Tiere wählten, um den Kindern Nachahmenswertes deutlich zu machen. Ingeborg R. schrieb mit 102 Jahren „Eselsohren. Ein Kinderbuch weint". Es ist für achtjährige Kinder gedacht. Sie werden erzählerisch dazu angehalten, schonend mit Büchern umzugehen und ihren Wert zu schätzen.

Mir geht die Frage durch den Kopf, ob diese Frau wohl so alt geworden ist, weil der Name Ingeborg sie selbst gut beschützte? Vielleicht, vielleicht auch nicht. Wer kann das sagen. Ihre Kinder hat sie beschützt, die eigenen und die ihr anvertrauten.

Ich heiße zwar nicht Ingeborg und werde vermutlich kein so biblisches Alter erwarten können. Deshalb schrieb ich meine beiden Kinderbücher „schon" mit etwa 80 Jahren. Es sind Verse für Kinder im Alter zwischen sechs und acht. Anlass zu den Büchern waren die Erinnerung an die Kindheit meiner Enkelin mit den beiden Hasen Joschi und Miffi und der Wunsch, dazu beizutragen, dass Kinder mit offenen Augen durch die Welt gehen und sie schützen mögen.

Schade, dass ich Ingeborg Rapoport nie begegnet bin. Wer weiß, was wir gemeinsam noch auf den Weg gebracht hätten.

Anneliese Berger

EIN PERSÖNLICHER SIEG

Da steht sie, die blonden Haare zum Dutt hochgesteckt, ganz wie ihn die moderne Frau trägt. Ihre schwarz geschminkten Augen leuchten stolz. Sie spürt ihren geraden Rücken, ihre nackten Füße in den hochhackigen Sandalen, den Rocksaum an den Oberschenkeln. Jung ist sie und sie hat es ganz allein geschafft.

Es ist wahr, sie steht vor ihrer Klasse, in ihrem Unterricht. Die Sonne durchflutet den großen Raum mit den hohen Fenstern und der Trennwand, direkt unterm Dach. Er gefiel ihr von Anfang an in dieser altehrwürdigen Schule. Die Kinder sind konzentriert. Nach ihrem Vortrag mit Beispielen besonders geschätzter

Werke der Bildenden Kunst malen sie selbst eine Komposition von Gefäßen, die vor ihnen auf den Tischen stehen. Sie versuchen das räumliche Bild in der Fläche festzuhalten, in Gruppen sitzend tauschen sie sich immer wieder mit Fragen und Bestätigungen aus.

Verflogen ist in ihr der monatelange Frust über die Geringschätzung ihres Schulfachs „Kunsterziehung" durch das Lehrkollegium. „Zu viele Kinder in den Klassen, zu wenig Räume, zu wenig Lehrer und Lehrerinnen für die Basisfächer", immer wieder hörte sie diese Argumente und ihr Hauptfach erschien nachrangig. Ihr einziger Verbündeter in den zähen Auseinandersetzungen war der Musiklehrer, der wie sie um die Anerkennung seines Fachs rang.

Wie lange hatte sie um ein eigenes und angemessenes Fachkabinett gekämpft? Es war sehr lange, eigentlich seit sie an dieser großen Schule angefangen hatte. In vielen Klassenräumen gab es noch miteinander verbundene enge Schulbänke. Einritzungen und Tintenreste aus zehn Jahrzehnten auf den Tischen und Sitzen waren Zeugnis einer Vergangenheit, die sie unbedingt hinter sich lassen wollte.

Auf solch einer Schulbank hatte sie in den ersten Schuljahren die Furcht vor dem Lehrer gelernt. Für die Mädchen gab es bei Verfehlungen Schläge auf die Fingerspitzen. Bei der Erinnerung daran spürt sie ein starkes Zucken und Stechen in ihren Händen. Einem alten Mathematiklehrer sagen die eigenen Kollegen nach, dass er trotz Verbot heute noch Kinder bestrafe. Wenn er auch von ihnen gemieden wird, man spricht leider wegen der abzudeckenden Mathematikstunden nicht über das Thema.

Die meisten ihrer Lehrer nach dem Krieg waren nett, doch zu Hause herrschte ein rauer Ton. Der Vater verdiente das Einkommen für die Familie als Schreiner, Mutter pflegte den kleinen Haushalt, kochte und wusch die Wäsche. Es gab viel harte Arbeit, wenig Freizeit und gemeinsame Freude. Alles wurde dem Familienbetrieb untergeordnet. Sie, Ingeborg, hatte Träume. Das Träumen störte die Eltern. Immer wieder hörte sie von ihnen genervt: „Ingeborg, mit träumen kann man kein Geld verdienen!" Doch sie wollte der häuslichen Enge entfliehen. Letztlich hatte sie sich vor Beginn des Studiums mit ihren Eltern überworfen und seitdem nur selten Kontakt zu ihnen.

Nach ihrem Einstieg an dieser Schule fand sie im jungen Lehrkollegium schnell Verbündete für Erneuerungen. Sie erreichten gemeinsam, dass die alten Schulbänke bald gegen moderne Tische und Stühle getauscht wurden, und überzeugten engagierte Eltern, die Klassenräume ehrenamtlich in hellen Tönen zu streichen. Im Rahmen von Schulwettbewerben hatte sie bereits mehrere Ausstellungspreise für Werke ihrer Schülerinnen und Schülern erworben und damit auf die Schule aufmerksam gemacht. Doch sie wollte mehr. Sie träumte von einem Fachkabinett, in dem bereits alles Material vorhanden war, einem festen Ort für die Arbeitsgemeinschaft des Nachmittags, an dem ein mit ihr befreundeter Graphiker in die Schule anleitend zu den Kindern kam. Für die Einrichtung von Fachkabinetten waren die meisten Kolleginnen und Kollegen schnell zu begeistern, doch dann begann der Kampf um die Räume.

Ingeborg ist von ihren Gefühlen gefesselt und schaut durch die vor ihr sitzenden Kinder hindurch.

„Ingeborg, was für ein alt klingender Name für eine so junge und schöne Frau", denkt Anne. „Sie kann uns so klug mit geschichtlichen Hintergründen die alten und neuen Kunstwerke erklären." In der Arbeitsgemeinschaft bewundert sie immer wieder die Zeichenkünste ihrer Lehrerin. „Wenn ich erwachsen bin, möchte ich auch dieses Wissen und diese Fertigkeiten besitzen. Mit ihr gibt es immer viel zu entdecken. Durch ihre Hilfe entstehen Bilder, die ich mir selbst nie zugetraut hätte. Ich mag sie sehr und heute lächelt sie so schön."

Ingeborgs Blick streift nun über die Köpfe der Kinder. Sie ermahnt sich selbst, dass sie sich auf das Hier und Jetzt konzentrieren muss. Da fällt ihr Anne auf, deren Zunge mit den Augen und Händen mitarbeitet. Das Mädchen hat Talent. Sie möchte sie gerne weiter fördern, und offensichtlich bereiten ihr die Stunden in der nachmittäglichen Arbeitsgemeinschaft jede Woche sehr viel Freude. Dieser große schöne Raum eröffnet ganz neue Möglichkeiten für die wichtige und befriedigende Arbeit der Vermittlung von Kunstverständnis und Kunstgenuss.

Auch für dieses Mädchen hatte sie gekämpft. Die Kolleginnen und Kollegen konnte sie mit der Werbung für die Schule bei den Wettbewerben und der Aussicht auf wechselnde Ausstellungen in den Etagen der eigenen Schule überzeugen. Die Schulleiterin war letztlich durch die Vereinbarung für ein Bildprojekt der Arbeitsgemeinschaft zu gewinnen. Das Bild soll groß werden und gleich beim ersten Treppenaufgang zu sehen sein. Also benötigt man für dieses Projekt viel Platz.

„Das heute ist jedenfalls ein tolles Gefühl und war nun all die Mühe wert. Wer weiß, welche Projekte noch alles möglich werden?", denkt Ingeborg. „Vielleicht kann Anne einmal an der Kunsthochschule studieren, wie ich es einst wollte. Und wenn sie groß ist, wird es bestimmt zur Normalität, dass die Mädchen ihren Berufsweg selbst entscheiden. Gerne würde ich mich mit meinen Eltern wieder versöhnen. Wenn sie mich heute vor den Kindern sehen könnten, wären sie vielleicht doch ein wenig stolz auf mich."

Anke Apt

DAS KLASSENTREFFEN

Ein Rotkehlchen, oder doch lieber eine Mönchsgrasmücke? Mit noch geschlossenen Augen höre ich morgens den Frühling. Ich rekele mich ausgiebig und denke an die alte Tagebucheintragung von Erwin Strittmatter:
„Jeden Morgen red ich mir ein, dass mir tagsüber ein kleines Wunder begegnen wird, und siehe, es findet sich eines." So will ich den heutigen Tag angehen. Wird sich mir ein Wunder zeigen?

Besuch wird kommen. Lauter alte Schachteln, wie auch ich eine geworden bin. Wir kennen uns schon lange, aus der Schulzeit. Da wird es hoch hergehen, denn keine von uns ist ein Kind der Traurigkeit. So, schnell einkaufen gehen und Erdbeertorte backen, mit Sahne gibt's die natürlich!

Ach, wieder was für die „Rolle der Frau", aber ein solches Treffen ist selten und daher kostbar. Wird das Wetter mitspielen? Es ist zwar schon recht warm, aber von Westen her dräuen dunkle Wolken. Kaffee trinken auf der Gartenterrasse oder im Haus? Abwarten, ich bin auf alles vorbereitet.

Und da kommen sie schon, in bunten Kleidern, fröhlich plaudernd, manch eine pralle Tasche sehe ich. Da wird bestimmt Prosecco drin sein? Wie schön, alle einmal wieder zu sehen: die große Ruth, die niedliche

Birgit, die schwarze (jetzt graue) Christel und so weiter, sogar den langen Heiner und den Rudi haben sie mitgebracht. Die stille Elisabeth hätten wir gerne auch dabei gehabt, aber sie mussten wir schon vor zwei Jahren beerdigen. Es fehlen ein paar andere aus unserer Klasse. Entweder waren sie verzogen oder wir wollen uns nicht mehr an sie erinnern. Ein paar „Stinkstiefel" gibt es ja überall.

So eine fröhliche Runde waren wir schon lange nicht mehr. Das Wetter wird jetzt zu übermütig. Der Wind weht die dunklen Wolken heran und deren nasse Fracht beugt sich der irdischen Gravitation, zu deutsch: es regnet! Wir setzen uns ins Haus bei leicht angelehnter Terrassentür. Nun wird über die verschiedenen Schulfächer, wie z.B. die von vielen ungeliebte Physik, und über deren Lehrer hergezogen. Am meisten macht es aber Spaß, über uns selber zu lachen.

„Wisst ihr noch, wie olle Arno Düsenflugzeug mit Ypsilon schrieb? Oder wie Gitti den rechten Winkel eines Dreiecks draußen rechts aus dem Fenster zeigte?" „Ach ja, der Detlef wusste das Wort für Frau auf Englisch nicht. Als Fräulein Müller, unsere Englischlehrerin, um ihm zu helfen, einmal fragte, wie man denn seine Zwillingsschwester nenne, antwortete er treudoof: „Mäuschen!"

Ach, wie unbeschwert können wir über unsere Dusseligkeit in der Jugend lachen! Doch dann wirft jemand einen Namen in die Runde: Ingeborg! Es wird still. An sie können wir uns alle gut erinnern. Ingeborg war eine Schönheit, und das wusste sie auch. Wenn sie mit ihren langen Wimpern klapperte, musste sich unser junger Mathe-Lehrer umdrehen und wegschauen.

Wir haben sie alle heute noch vor Augen: selbstbewusst stand sie da, kecke, schräge Kopfstellung, überheblicher Blick – und sie wusste alles besser. Aus ihrem Mund kamen uns gegenüber gemeine Worte, die unsere Kinderseelen für einige Zeit nieder machten. Und wie wir sie hassten!!! Am Ende unserer achtjährigen Schulzeit wurde gemunkelt, sie wäre schwanger. Schadenfroh waren wir, aber auch ein bisschen neidisch. Sie war uns schon wieder voraus und kannte Dinge, die wir noch nicht so richtig verstanden.

Doch nun erinnern wir uns an sie. Ernst fragt jemand in unserer Runde: „Was mag wohl ihr Kind heute machen? Es muss ja schon weit über 50 sein."

Wusch! Es gibt draußen eine Windboe. Die Terrassentür fliegt auf, und da steht sie: kecke, schräge Kopfstellung, etwas überheblicher Blick…

Ein Schrei aus unser aller Munde: „INGEBORG" ! Doch es kommen von ihr keine gemeinen Worte zu uns, nein, sie schnurrt. Da steht das schönste Kätzchen, das ich je gesehen habe. Diese Ingeborg lässt sich sogar von jedem streicheln, so lieb kann sie sein. Das frohe

Klassentreffen hat mir ein großes Wunder beschert. Strittmatter hat eben recht.

Ab jetzt leben Ingeborg und ich friedlich zusammen. Der Name bleibt, auch wenn Ingeborg ein Kater ist, er hat nichts dagegen. Und mit Rilke bin ich einer Meinung: *„Das Leben und dazu eine Katze – das ergibt eine unglaubliche Summe."*

Ilse Markgraf

IRGEND ETWAS...

Es ist erwiesen, dass es IRGEND ETWAS gibt:
Nicht das Kaufen, nicht das Leasen,
nicht das Feiern auf den Wiesen.
Weder Bargeld noch Devisen,
alles das ist nicht gemeint:
IRGEND ETWAS, das vereint.

Es ist erwiesen, dass es IRGEND ETWAS gibt:
IRGEND ETWAS, das uns liebt
und uns auf den Weg begleitet,
den sich jeder Mensch bereitet.
Wen ich lieb', wen ich umsorg'?:
„HERZENSDIEBCHEN INGEBORG"!

Jürgen Molzen

IHR WORTE AUF, MIR NACH

INGEBORG, MIR NACH!

I.

Ach Ingeborg, wenn ich dich seh´,
dann fehlen mir die Worte.
Du bist, ich sag es frei heraus,
von ganz besond' rer Sorte.

Bist du mir nah, so fällt mir ein:
lieb, schön und zart besaitet.
Ich schweige still und stell mir vor,
du wärest unbekleidet.

II.

Ein Hemdchen stehe ich dir zu,
du sollst nicht Scham erleiden.
Wärst du die meine, wüsste ich,
dich kostbar zu bekleiden.

Weißt du denn, was dir hier entgeht?
Ich würde für dich ackern!
Doch du, du undankbares Biest –
schaust aus nach andern Mackern!!!!

I. Rosel Ebert
II. Ilse Markgraf

INGE BORG!

Man sagt: „Die Inge borgt sehr oft!"
Sie klingelt, manchmal unverhofft
bei Nachbarn und borgt irgendwas,
jedoch nicht ohne Unterlass.
Sie sorgt für and're unentwegt,
drum ist kein Nachbar aufgeregt –
um Nachbarn macht sie sich viel Sorgen,
so kann sie ruhig öfter borgen;
denn Inge denkt an sich zuletzt,
für and're sie sich mehr einsetzt.
Was sie geborgt hat kommt zurück
und mehr – das ist der Nachbarn Glück.
Es ist egal, ob Inge borgt;
denn jeder weiß, wie Inge sorgt.

Klaus G. Lonvitz

LIMERICK
INGEBORG AUS KAFFEKANNE...

Eine Ingeborg aus Kaffekanne *
wurde verführt von einem MANNE.
Sie liebte ihn sehr
jetzt will er's nicht mehr.
Sie verlor MANN, HAUS, VORGARTEN und TANNE.

Jürgen Molzen

* Ort im Bergischen Land

DIE INGE-WG

Wer alt ist, und ihm tut was weh,
der gründe schleunigst ´ne WG.
Was sich dann dort zusammenfindet,
braucht einen Knoten, der verbindet.

Infrage kommt auch eine Schlinge,
und sei es nur der Name „Inge".
Doch geht´s um „Inge" nicht schlechthin,
was wirklich zählt, ist der Gewinn.

Die erste nennt sich Ingelene,
sie hat zum Ärger krumme Beene.
Weshalb sie mir nun mächtig grollt,
weil es allein dem Reim gezollt.

In der uralten Ingelinde,
sprüht stets der Schalk, wie in ´nem Kinde.
Die Frau scheint immer guter Dinge.
Was bleibt, ist noch die dritte Inge.

„Inge" mit „borg", so sei ihr Name,
sagt voller Stolz nun diese Dame.
Sie sitzt auf einem Sammetkissen
und glänzt mit umfangreichem Wissen.

Solch´ Leben, sage ich euch ehrlich,
ist schön, doch manchmal auch beschwerlich.
Denn wenn die Kurzform angewandt,
kommt jede Inge angerannt.

Doch leicht wär´s, selbst mit Augenbinde,
bei „Borg", bei „Lene" oder „Linde".
Und würdet ihr mich nunmehr fragen,
sag ich: „Die Drei sind nicht zu schlagen."

ANMERKUNG:
Auch Männern tut´s im Alter weh.
Doch gründen sie dann ´ne WG?

Selbst wenn sie alle Ingo heißen,
es hilft allein gegen das Reißen
nur Ingeborg, die Hüterin –
ja, so macht die WG dann Sinn!

Rosel Ebert

VON GÖTTIN BIS EINHORN

Der Erfindergeist ist grenzenlos. Immer wieder bin ich erstaunt, worauf die Leute kommen. Bei einer Recherche im Internet stoße ich plötzlich auf ein Angebot. Eigentlich sind es mehrere. Und natürlich geht es um „Ingeborg". Wortspielereien. Passend zu unserem Kapitel: Worte auf, mir nach".

Also:
Angeboten werden Notizbücher. Allerdings keine gewöhnlichen, sondern „individuelle, personalisierte".

120 leere linierte Seiten für persönliche Einträge, passend in die meisten Handtaschen, Rucksäcke oder Beutel (ca. DIN A5). Das Deckblatt in verschiedenen Varianten.

Doch nun das Eigentliche, das Spannende. Sie werden angepriesen für Frauen und Mädchen mit dem Namen „Ingeborg". Da soll nochmal einer sagen, dieser Name sei nicht gefragt! Wer so ein Notizbuch erwirbt, weiß, was er wert ist. Die Auswahl ist grandios. Los geht's.

Die erste Variante ist ein wenig einfallslos. Ich erwähne sie nur am Rande. Mehrfach untereinander steht der Schriftzug „Ingeborg". Doch dann:

- o *NENN MICH GÖTTIN ODER – INGEBORG*
  IST AUCH O.K.
- o *DAS BESTE HAT EINEN NAMEN – INGEBORG*

oder:

- o *DAS BÖSE HAT EINEN NAMEN – INGEBORG*

- o *EINE PRINZESSIN OHNE KRONE NENNT MAN ÜBRIGENS INGEBORG*

Der Renner für die Jugend:

- o *GEIL GEILER INGEBORG*

- o *AM ANFANG WAREN ALLE MENSCHEN GLEICH. JEDOCH DIE BESTEN BEKAMEN DEN NAMEN INGEBORG* o   *NUR WO INGEBORG DRAUFSTEHT, IST AUCH INGEBORG DRIN*

Weiter:

o   *INGEBORG mit KATZENKOPF* oder
o   *INGEBORG mit ENGELSFLÜGELN.*

Doch damit nicht genug. Wer die Wahl hat, hat die Qual. Ich bin mir sicher, die wahren Fans wählen das

o   *„REGENBOGENPUPSENDE EINHORN"!*

Nun denn, ihr Ingeborgs und ihr Eltern, die ihr eine Tochter erwartet – greift zu und bleibt dabei! Natürlich könnte man auch Notizbücher erwerben, wo statt „Ingeborg" ein anderer Name steht. Aber für alle Ingeborg-Verehrer kommt das selbstverständlich nicht infrage. Ehrensache!

Rosel Ebert

APHORISMUS

In Zeiten
von CORONA
bleibe ich
doch lieber bei
INGEBORG !

Jürgen Molzen

ÜBERRASCHUNG IN CORONA-ZEITEN

Mein Typ, das ist die blonde Inge,
ich renn ihr ständig hinterher.
So sehr ich mich auch dazu zwinge,
Abstand zu halten fällt mir schwer.

Ach Ingeborg, bleib doch mal stehen!
Selbst, wenn dein Antlitz halb verdeckt,
will ich in deine Augen sehen.
Ach bitte, lauf jetzt nicht mehr weg!

Auch ich stell mich den Maskenzwängen
und schick verdeckt dir einen Kuss.
Ich will dich wirklich nicht bedrängen,
doch bitte, mach nicht mit mir Schluss!

Ganz sicher ändern sich die Zeiten.
Bis dahin – gönn mir einen Blick!
Ich werde uns den Weg bereiten
für sehr viel Nähe voller Glück.

Ach Ingeborg, nun triffst du einen,
der dich trotz Maskenpflicht verführt.
Ich leide, denn mir will es scheinen,
als küssest du ihn ungeniert.

Ich schau betrübt und harr der Dinge.
Warum umarmst du bloß nicht mich?
Doch nein, du bist nicht meine Inge!
Nun sag mir schnell, wo find ich dich?

Dein leidender Ingo!

Rosel Ebert

UNVERMÖGEN

Als er ihn acht Mal hochgebracht,
in ziemlich kurzer Zeit,
hat seine INGEBORG gelacht,
man hörte es ganz weit.

Beim neunten Mal machte er schlapp
und INGEBORG ließ von ihm ab.
Denn er hatte in seiner Hast
den Federball ganz knapp verpasst!

Jürgen Molzen

WG GEMISCHT

Recht bald nach Gründung der WG
sitzen, allein zum Zeitvertreib,
die Inges fröhlich im Café –
da kommt ein Mannsbild reingeschneit.

Es ist der Ingo, den sie kannten.
Er saß einst neben Ingelene.
Auch Ingobert ihn manche nannten.
Jetzt fehlt auf seinem Haupt die Mähne.

Die Schulzeit war ja lang vorüber,
doch scheint's fast so, als sei es gestern,
denn Ingeborg saß gegenüber,
die andern neben ihr wie Schwestern.

Gleich nimmt das Wort die Ingelinde,
erklärt, dass sie zusammenwohnen
und denkt sich dabei ganz geschwinde,
Männer im Haus, das könnt sich lohnen.

Es sind auch alle angetan.
„WG – gemischt" ist was für Kenner.
Für Erben Yngvis, als dem Ahn,
dazu ein ganz besond'rer Renner!

Vor allem Ingo sollt es sein,
ganz ohne Schmus – der macht was her.
Das Solo im Gesangsverein
packt niemand anders so wie er.

Mit Ingolf und dem Ingomar
wird dann komplett die Sechser-Runde.
Sie haben Spaß, wie´s niemals war
in der Gemeinschaft Stund´ um Stunde.

Der alte Gott begleitet sie,
behütet Ingo und auch Inge.
Und sticht es selbst in Brust und Knie,
vereint sind alle guter Dinge.

Recht eifrig pflegen sie das Singen
und treten auf als „(SW)ING-SEXTETT".
Sie werden es bestimmt weit bringen,
denn Ingobert singt im Falsett.

Und Ingeborg, die dirigiert.
Im ganzen Haus hat sie das Sagen.
Wer Yngvi sucht, darf ungeniert
bei ihr den rechten Weg erfragen.

Volker Krastel

INGEBORG HAT NICHTS GELERNT oder
DER WEIN UMSPIELT DIE ZUNGE

Ingeborg wollt´ Abitur.
Mathe konnte sie nicht leiden,
und das Lernen war so schwur.
Auch vom and´ren nicht zu reiden.

Gab die Schule bald schon auf.
Heirat war ihr Ziel, und emsig
hoch zum reichen Heiner sauf
Ingeborg, die schöne Jungfig.

Als ein Kind geboren war,
Ingeborg, glückliche Mutter,
gab´s den Heiner gar nicht mar,
und sie klagte sehr, sehr butter.

„Mein liebes Kind", so Ingeborg,
„sei lieber fleißig, lass die Flausen!
Viel´ Chancen hast´ mit Abitorg
und kannst viel besser damit lausen."

Die Ingeborg hebt nun ihr Glas,
gefüllt mit süff´gem roten Weine.
Das Leben meistert sie famas
in dieser dunklen Schnapskascheine.

Abi-t-u-e-r
       meine
           Fass
               Inge
               ach du borg.... hicks, oh sorry!

Ilse Markgraf

SCHLUßBETRACHTUNG

Kommen wir noch einmal an den Anfang zurück.

Nomen est omen. Wörtlich genommen ist also der Name ein Zeichen, ein Omen. Auf den Menschen bezogen spricht er für den Träger oder die Trägerin. Man kann auch sagen: Der Name ist Programm. Allerdings denken wir, dass das nicht ganz ernst gemeint sein kann. Denn geht es um den Nachnamen, wird uns der von den Eltern, und denen wieder von ihren Eltern mitgegeben, und es liegt allein an uns, ob wir daraus „ein personenbezogenes Programm" machen. Ganz nach eigenem Gutdünken.

Mit den Vornamen haben die Eltern die Qual der Wahl. Wenn sie damit dem Kind ein Zeichen setzen wollen oder sollen, kann die Verantwortung schon erdrückend sein. Woher sollen die Eltern wissen, wie das Kind wird. Nach dem Namen richtet es sich bestimmt nicht. Es kann eigentlich nur ein Wunschdenken sein, das dem Kind mit auf den Weg gegeben wird. Natürlich ist auch eine Namensänderung möglich, aber dann doch eher bei dem Nachnamen. Dabei kann man sich in die Ehe stürzen und den Namen ändern, eine Künstlerlaufbahn einschlagen mit dem Traumnamen, oder aus sonstigen Gründen auf einem anderen Namen bestehen. Das gilt auch für den Vornamen. In diesen Fällen wird es allerdings teuer. Besser geht es dann DER oder DEM mit mehreren Vornamen. In der Regel gibt es da einen Bezug zu irgendeinem Familienangehörigen, dem man wohlgesonnen ist, oder der eventuell eine Erbschaft erwarten lässt. Oder aber die Eltern können sich nicht einigen. Oder, oder, oder. In jedem Fall muss das Kind damit leben ob es will oder nicht. Natürlich spielt die Mode bei der Namensauswahl auch eine Rolle. Die vor allem. Da kann dann schon ein Kind einen Namen bekommen, mit dem es in jugendlichem Alter gut leben kann, aber im hochbetagten Alter könnte es sich albern anhören. Auf Beispiele verzichten wir lieber. Und nicht zuletzt werden die Eltern auch rechtzeitig daran denken müssen, welcher Kosename infrage kommt. Ob man die Namensverstümmelung will oder nicht.

Bleiben wir beim Thema. Soll also eine neu geborene Tochter INGEBORG heißen, gibt es einiges zu bedenken. Die Bedeutung des Namens ist gewaltig und natürlich existieren verschiedene Auslegungen. Zum einen soll dahinter eine Schutzgöttin germanischer Abstammung stecken. Der Name verbindet die Göttin Yngvi mit dem Wort für „Schutz, Zufluchtsstätte". Zum anderen macht die Überlieferung aus der Göttin den germanischen Stammesgott Ingwio. Wie auch immer. Wir bleiben bei der weiblichen Abstammung. Und was auf jeden Fall gilt, ist der Anspruch, sowohl eine Beschützte als auch eine Hüterin zu sein. Der Vorteil dieses Namens liegt auf der Hand. Das Kind erlangt schon mit der Geburt den Status einer Göttin. Wehe dem, der später daran zweifeln will. Selbst beschützt, wird es für Ingeborg ein Leichtes sein, auch andere zu behüten. Und genau das sollten sich alle Nahestehenden nicht entgehen lassen.

Der besonders Bevorzugte kann ohne weiteres an zweiter Stelle als Namensgeber erscheinen. Ingeborg wird damit leben können. Doch mit der Mode und den Kosenamen ist das so eine Sache. Ingeborg, so lesen wir, war besonders von 1920 – 1930 populär. Vermutlich auch noch bis in die Vierzigerjahre. Nach unserem Kenntnisstand hießen vor allem Mädchen oder Frauen unserer Generation – also die heute Übersiebzigjährigen – so. „Ehrlich gesagt, kenne ich auch nur Ingeborg(s) aus dieser Altersgruppe." – so Rosel Ebert. Aber weit gefehlt. Ilse Markgraf sind zum Glück ebenso junge Frauen, die Ingeborg heißen, bekannt und sie meint, dass das dem Rückwärtstrend geschuldet sei. Alte Namen sind IN, was in diesem Fall wegen der tiefgründigen Bedeutung durchaus einem Gewinn gleichkommt. Siehe oben!

Bleiben die Kosenamen. INGE ist mehr als geläufig. Damit kann auch nicht viel falsch gemacht werden. Ebenso gibt es INGA oder INKA, was sich inzwischen schon verselbständigt hat. Wir erinnern an Inka Bause, die gerade wieder die Bauern verheiraten will. Allerdings so ganz jung ist die auch nicht mehr.

Was folgern wir nun daraus bezüglich des Mottos „nomen est omen"?

Wir schlagen vor, wir halten uns mit der Bewertung des Namens zurück und nehmen ihn so, wie wir ihn sehen: INGEBORG machte immerhin einen solchen Eindruck auf uns, dass wir entschlossen waren, in unserer Fantasie oder im Leben nach Frauen dieses Namens zu suchen und sie in ihrem Wesen, ihrer Gestalt, ihren Äußerungen oder ihrem Verhalten zu beschreiben. Es kam uns darauf an, jede Ingeborg nicht an sich, sondern in der Verbindung zu uns in die einzelnen Geschichten und Gedichte einzubinden.

Es würde unsere Kompetenz weitaus überschreiten, wollten wir aus allen die Würdigste dieses Namens auswählen. Jede einzelne hat ihre Besonderheit und steht in diesem Fall unter unserem Schutz. Die Frauen namens Ingeborg haben es sich verdient.

Rosel Ebert und Ilse Markgraf

DIE AUTORINNEN UND AUTOREN

ANKE APT

Dr. ANNELIESE BERGER

ROSEL EBERT

Dr. VOLKER KRASTEL

KLAUS G. LONVITZ

ILSE MARKGRAF

Dr. HORST JÜRGEN PETER MIETHE

JÜRGEN MOLZEN

*Alle Beteiligten sind Mitglieder des Vereins
der „Poeten vom Müggelsee".*

ANKE APT

Jahrgang: *1960*

Wenn ich 3 Wünsche frei hätte:

- *Allzeit Frieden in jedem Land*
- *Jedem Kind eine schützende Hand*
- *Liebe sei das entscheidende Band*

Lebensmotto:

Das kleinste Blümchen kann die größte Freude bringen.

Dr. med. ANNELIESE BERGER

Jahrgang: *1938*

Wenn ich 3 Wünsche frei hätte:

- *Noch einmal etwas Neues beginnen*
- *Lange körperlich und geistig fit bleiben*
- *Nette Menschen um mich haben*

Lebensmotto:

Nimm es, wie es kommt, wenn Du nichts ändern kannst!

ROSEL EBERT

Jahrgang: *1943*

Wenn ich 3 Wünsche frei hätte:

- *Hinter den Horizont schauen*
- *Einen Jungbrunnen finden*
- *Glücksmomente zum Genießen*

Lebensmotto:

Es ist an der Zeit, dass Du aufhörst, die Igel kämmen zu wollen!

Dr. med. VOLKER KRASTEL

Jahrgang: *1943*

Wenn ich 3 Wünsche frei hätte:
(Stabreime als Orientierung)

- *Gewalt, Gewehre, Grausamkeiten gehören in die Gosse*
- *Nicht nachlassen, Neuem nachzuspüren*
- *Lustvoll lange leben*

Lebensmotto:

Leben und leben lassen!

KLAUS G. LONVITZ

Jahrgang: *1940*

Wenn ich 3 Wünsche frei hätte:
(Anagramme, die sich verwirklichen)

- *Eine <u>Bisamratte</u> ins <u>Arbeitsamt</u> schicken*
- *Zwischen <u>Hutschnur</u> und <u>Turnschuh</u> gesund bleiben*
- *Ein <u>Anwesen</u> am <u>Wannsee</u> besitzen*

Lebensmotto *(mit palindromischem Klang)*:

Mit Lebenslust <u>relativ</u> <u>vitaler</u> bleiben als andere meines Alters!

ILSE MARKGRAF

Jahrgang: *1949*

Wenn ich 3 Wünsche frei hätte:

- *Alles, was die Natur zu bieten hat, genießen können*
- *Das Glück, gute Freunde immer an meiner Seite zu haben*
- *Mut und Kraft, viele neue Dinge zu entdecken und zu erlernen*

Lebensmotto:

(Da stimme ich mit Arthur Schopenhauer überein.)
Der Heiterkeit sollen wir, wann immer sie sich einstellt, Tür und Tor öffnen, denn sie kommt nie zur unrechten Zeit.

Dr. sc. oec. HORST JÜRGEN PETER MIETHE

Jahrgang: *1941*

Wenn ich 3 Wünsche frei hätte:

- *Eine Welt, in der unsere besten Träume Wirklichkeit werden*
- *Ein erfülltes, sorgenfreies und friedvolles Leben für meine Kinder und Enkelkinder*
- *In Würde diese Welt verlassen können, wenn dafür die Zeit gekommen ist*

Lebensmotto:

Geht nicht, gibt´s nichts.

JÜRGEN MOLZEN

Jahrgang: *1943*

Wenn ich 3 Wünsche frei hätte:

- *In Frieden zu leben*
- *Gesund zu bleiben*
- *Positiv zu denken*

Lebensmotto:

Das Schönste im Leben ist FREUDE zu geben. Und FREUDE zu erfahren ist schön in allen Jahren.

DIE MALERIN

ARMGARD RÖHL

Jahrgang: *1946*

Wenn ich 3 Wünsche frei hätte:

- *Gesundheit*
- *Frieden*
- *Liebe*

Lebensmotto:

Mit der Natur leben!

*Armgard Röhl ist Mitglied des Vereins
der „Poeten vom Müggelsee".*

Ein Name und viel Fantasie – zwei entscheidende Ausgangspunkte für das vorliegende Buch. Acht Autorinnen und Autoren stellten sich der Aufgabe, aus der Erinnerung heraus, aus flüchtigen oder nachhaltigen Begegnungen, aus Gedanken, die sie mit dem Namen „Ingeborg" verbinden ein vielseitiges Bild zusammenzutragen. Umrahmt von malerischen Impressionen. Einzelne Puzzleteilchen wurden tatsächlich zu einem Buch. Natürlich sind die Autorinnen und Autoren daran interessiert zu erfahren, was Sie als Leserin oder Leser darüber denken und ob Ihnen tatsächlich eigene Begegnungen mit Frauen namens „Ingeborg" einfallen. Geben Sie ihnen ein Feedback, sie werden sich freuen.

KONTAKTDATEN:

Ilse Markgraf
ilsemarkgraf@freenet.de

Rosel Ebert
Ebertrosel@aol.com